THILO DIE TIMO

FUSSBALL TORNADOS

Trainer gesucht!

W0390719

THILO DIE TIMO

FUSSBALL TORNADOS

Trainer gesucht!

Zeichnungen
von Timo Grubing

cbj

Bei diesem Buch wurden die durch das verwendete Material und die Produktion entstandenen CO_2-Emissionen ausgeglichen, indem der cbj-Verlag ein Projekt zur Aufforstung in Brasilien unterstützt.
Weitere Informationen zu dem Projekt unter:
www.ClimatePartner.com/14044-1912-1001

MIX
Papier aus verantwortungsvollen Quellen
FSC
www.fsc.org
FSC® C014496

Wir produzieren
Klimaneutral
ClimatePartner.com/14044-1912-1001
Druckprodukt

Verlagsgruppe Random House
FSC® N001967

Weitere Bände in dieser Reihe:
Die FußballTornados (Band 1) – 1:0 für Jonas
ISBN 978-3-570-17732-7

Sollte diese Publikation Links auf Webseiten Dritter enthalten, so übernehmen wir für deren Inhalte keine Haftung, da wir uns diese nicht zu eigen machen, sondern lediglich auf deren Stand zum Zeitpunkt der Erstveröffentlichung verweisen.

1. Auflage 2020
© 2020 cbj Kinder- und Jugendbuchverlag
in der Verlagsgruppe Random House GmbH
Neumarkter Straße 28, 81673 München
Alle deutschsprachigen Rechte vorbehalten
Cover- und Innenillustration: Timo Grubing
Umschlagfertigstellung: Geviert
CK · Herstellung: AJ
Satz und Reproduktion: GGP Media GmbH, Pößneck
Druck: GGP Media GmbH, Pößneck
ISBN 978-3-570-17733-4
Printed in Germany

www.cbj-verlag.de
Dieses Buch ist auch als E-Book erhältlich.

Kapitel 1

Fiese Fieslinge

Kalil hatte tatsächlich gewonnen! Im ganzen Leben hatte er noch nie an einem Preisausschreiben teilgenommen. Und jetzt das: gewonnen! Nicht irgendeinen beliebigen Preis. Kein Handy, mit dem man auch Kaffee kochen konnte. Keinen Regenschirm mit Solarzellen. Keinen Kuli, der auch im Weltraum funktionierte. Nein, es war der Hauptgewinn und dieser Preis war einmalig. Mit zitternden Händen öffnete Kalil das Paket. Sogar der Postbote war dageblieben, um den Schatz zu sehen. Kalil war ihm natürlich gleich jubelnd um den Hals gefallen. Hier im Viertel kannten sich schließlich alle.

„Na, mach schon, Kalil!“, drängelte der Bote. „Ich will’s als Zweiter anfassen.“

Kalil nickte. Er versuchte es ja, aber die Schere tanzte wie verhext durch die Luft. Diese Aufregung!

Seine Kehle war so trocken, als hätte er seit Tagen nichts mehr getrunken.

Endlich gelang es ihm, das Klebeband zu durchtrennen. Er öffnete den Karton, schob den beiliegenden Brief an die Seite und …

Ein Original-Trikot von Leroy Sané! Eines, das sein Lieblingsspieler wirklich bei einem Länderspiel getragen hatte. Und hinten drauf waren nicht nur Nummer und Name aufgeflockt, wie bei Zehntausend anderen auch. Darunter war ein Original-Autogramm und dazu der Gruß: *Für einen der Besten, Leroy Sané.*

„Wow!", platzte der Postbote heraus. „Darf ich's wirklich einmal anfassen?"

Kalil nickte. Er war vollkommen sprachlos. Über vierzig Trikots hatte er in seiner Sammlung. Aber dieses hier war die Krone von allem.

„Danke!", sagte der Postbote und tippte sich an die Mütze. „Jetzt sind die restlichen Pakete nur noch halb so schwer!" Dann sprang er fröhlich pfeifend die fünf Stockwerke wieder nach unten auf die Straße.

Kalil musste sich erst mal setzen. Kurz dachte er darüber nach, ein Leroy-Sané-Museum aufzumachen und damit stinkreich zu werden. Von überall her würden die Leute in sein winziges Zimmer in Berlin strömen, um diese Trophäe zu sehen. Seine Mutter konnte dazu indische Köstlichkeiten verkaufen. Und wenn Kalils vier Schwestern endlich auszogen, war gleich Platz für ein ganzes Hotel. Kalil sah schon die neonfarbenen Buchstaben an ihrem Haus blinken: *Kalils Leroy-Sané-Hotel.*

Kalil schüttelte sich. Das waren alles erst mal nur Träume. Das Trikot aber war echt.

Kalil sprang auf.

„Ich muss es den anderen zeigen“, beschloss er. Die anderen, damit waren natürlich seine Freunde gemeint, das beste Team der Welt, die Fußball-TORnados.

Mustafa, um den sich bestimmt mal die deutsche und die türkische Nationalmannschaft kloppen würden, um ihn als Torwart zu kriegen. Jonas, der den Ball im Slalom schießen konnte. Luong, genannt Bäumchen, den kein Angreifer für voll nahm, weil er so klein und dünn war. Oder Demba, an dem niemand vorbeikam und vor dem jeder Gegner zitterte. Nicht nur sein Name klang wie ein Paukenschlag. Wenn Demba schoss, stöhnte jeder Ball vor Schmerz auf.

Sicher waren sie alle auf dem Fußballplatz bei Opa Emils Schrebergarten.

Kalil wollte das Trikot wieder in den Karton tun. Doch dann überlegte er es sich anders. Noch mehr würden seine Kumpels staunen, wenn er das Trikot anhätte. Dieses eine Mal würde dem Shirt ja wohl nicht schaden. Schließlich war es zum Fußballspielen gedacht, und nach Regen sah es nun wirklich nicht aus.

Kalil zog das Trikot von Neymar aus, das bisher sein Lieblingsstück gewesen war. Als er in das Sané-Shirt schlüpfte, fühlte er sich unbesiegbar. Das Selbstbewusstsein und Können seines Helden schienen auf ihn übergegangen zu sein.

Kalil schnappte sich sein Longboard und rannte die Treppe hinunter. Draußen gab er mächtig Schwung. Trotzdem brauchte er zwanzig Minuten. Der Fußballplatz war nicht gerade um die Ecke. Er lag ein bisschen versteckt bei einer Schrebergartenanlage. Bis vor ein paar Wochen hatte hier nur Atzes Opa mit seinen „Alten Herren“ gekickt. Doch nun war er der Mittelpunkt der Welt für die Fußball-TORnados.

Kalil stoppte sein Board. Gerade war nur Jonas da, ihr Kapitän und Kalils bester Freund. Jonas hatte mit ihm zusammen die TORnados gegründet. Jonas lief über den Platz und übte Freistöße. Dabei konnte das doch sowieso kein Spieler außerhalb der Bundesliga besser als er!

„Yo, Bro, was geht?!“, grüßte Kalil von der Außenlinie. Statt einer Antwort flankte Jonas ihm die Pocke zu, passgenau auf den rechten Fuß. Kalil nahm das Angebot an. Er dribbelte sich zu Jonas durch, umkreiste ihn mit einem Sané-Hacken-Trick und zirkelte den Ball aufs Tor.

„Unhaltbar!“, jubelte Kalil.

Jonas sagte nichts. Er betrachtete nur das Trikot.

„Hast du schon wieder ein neues?“, fragte er. „Aber da haste nicht aufgepasst, da hat einer was draufgekrickelt.“

Kalil holte den Ball aus dem Netz und tat unschuldig. „Echt? Was steht denn da?“

Rückwärts ging er auf seinen Freund zu. So konnte Jonas auch sein breites Grinsen nicht sehen.

„Moment …“, murmelte Jonas. „Da steht: Für einen der Besten, Leroy Sa… – das ist nicht dein Ernst, oder? Du hast echt gewonnen?“

Jonas hob seine Hand, Kalil klatschte ab.

„Sauber, Alter!“, gratulierte Jonas. Dann umarmten sich die Freunde.

Natürlich wusste jeder in der ganzen Schule von dem Preisausschreiben. Ach, in ganz Berlin!

Kalil strahlte über das ganze Gesicht. „Es ist echt“, sagte er. „1000-prozentig echt. Leroy hat es auf dem Körper gehabt. Da ist sein Schweiß von einem Länderspiel drin. Und *einer der Besten*, das soll ich sein!“

Jonas lachte.

„Leroy hat echt Ahnung von Fußball, das habe ich ja schon immer geahnt!“, rief er.

Jonas wollte noch etwas sagen, da wurde er zur Seite geschubst. Ein Kerl, den er noch nie gesehen hatte, nahm ihm den Ball ab. „Ey, Max!“, brüllte ein anderer hinter ihnen. „Her mit der Pille! Die Windelpupser wissen ja doch nicht, was sie damit machen sollen!“

Jonas fuhr herum. Er sah so wütend aus wie ein Nashorn ohne Frühstück.

Jonas und Kalil stoben nun auseinander. Niemand durfte ihnen den Ball abnehmen. Schon gar nicht auf ihrem eigenen Platz. Das fühlte sich an wie Diebstahl! Doch so sehr sie sich auch anstrengten, die andern waren schneller. Immer war der Ball bereits weg, wenn Kalil oder Jonas bei den Großen ankamen.

Max, Danni und Erkan waren tolle Fußballer. Das musste man auch zugeben, wenn man sie nicht mochte.

„Wir müssen“, rief Erkan plötzlich. Er pöhlte den Ball zu Kalil und nahm seine Sporttasche in die Hand.

Ehe Jonas und Kalil protestieren konnten, waren die drei verschwunden. Das höhnische Gejohle der Typen aber hallte noch ewig in ihren Ohren nach.

Kapitel 2
Super-Bäumchen

Jonas war auf hundertachzig. Kalil war genauso aufgewühlt, aber er zeigte es nicht so. Stattdessen versuchte er, seinen besten Freund zu beruhigen. Doch das war unmöglich. Jonas war höflich, bescheiden und dachte immer erst zweimal nach, bevor er etwas sagte. Allerdings nur im richtigen Leben. Auf dem Fußballplatz war er ein vollkommen anderer Jonas. Ihn trafen Niederlagen noch viel heftiger als andere Spieler. Er wollte immer gewinnen. Auch wenn es um nichts weiter ging als um die Ehre. „Hey, was könnte ein wichtigerer Preis sein als die Ehre?“, sagte er immer.

Gerade aber sagte Jonas etwas ganz anderes.

„Die mache ich nass!“, polterte er los. „Die haben uns nur kalt erwischt. Wenn das ein richtiges Spiel gewesen wäre, dann …“

Kalil winkte ab. „Ist doch egal!“, grummelte er.

Doch auch er war mehr als nur geknickt. Es kam ihm vor, als hätten die drei Jungs ihn vor den Augen von Leroy Sané bloßgestellt.

„Rache!“, rief Jonas wie ein hirnloser Mutant in einem Zombiefilm und schoss den Ball voll in die Maschen des Tores. Kalil hätte sich nicht gewundert, wenn seinem Kumpel pinkfarbener Sabber aus dem Mund getropft wäre.

Kalil zuckte nur mit den Schultern. „Wie willst du dich denn rächen“, meinte er. „Du kennst die Typen doch gar nicht. Außerdem sind die längst über alle Berge.“

Er warf sich auf eine vergammelte Bank an der Seitenlinie. Seine gute Laune war völlig verflogen. Dabei hatte der Nachmittag doch so gut angefangen …

„Was ist denn hier los?“, wunderte sich Luong. Ihr Freund war mal wieder wie aus dem Nichts aufgetaucht. Das war auch seine große Stärke in jedem Fußballspiel. Luongs Eltern stammten aus Vietnam, wo sein Name *Bambusbaum* bedeutete. Weil Luong aber so schmal und klein war, nannten ihn alle meistens nur *Bäumchen*.

Jonas antwortete nicht auf Luongs Frage. Er knurrte nur weiter wie ein Werwolf bei Vollmond.

Kalil erzählte Bäumchen, welche bittere Niederlage sie eben kassiert hatten. Klar, sie waren zu zweit gegen drei gewesen, da konnte man ausgespielt werden. Wenn man aber nicht ein einziges Mal an den Ball kam und wie eine Giraffe mit Knoten in den Beinen über den Platz taumelte, dann war das mehr als peinlich.

„Drei Typen, sagst du?“, hakte Luong nach. „Alle so ein, zwei Jahre älter als wir?“

Kalil nickte. „Und nun sind sie weg und jede Chance zur Revanche ist dahin. In deren Köpfen sind wir für alle Zeiten in der Schublade *Loser* abgelegt.“

Luong grinste. „Nicht, wenn ihr auf Super-Bäumchen hört“, protzte er. „Super-Bäumchen hat sie nämlich in die Tram steigen sehen. Und der Lange hat die Fahrerin gefragt, ob die Linie 23 auch in Charlottenburg am Sportplatz hält.“

Kalil und Jonas sahen sich an. Während Kalil sein Longboard holte, schrieb Jonas Nachrichten an Mustafa und Demba. Drei Straßenbahnen mussten sie fahren lassen, bevor ihr Torwart und der Stürmer an der Haltestelle ankamen. Mit der nächsten Tram fuhren sie dann endlich den Angebern nach.

Kalil blickte aus dem Fenster. Sportplätze gab es in Charlottenburg bestimmt über hundert. Wie sollten sie da den richtigen finden? Doch sie hatten Glück. Eine Haltestelle hieß tatsächlich so: Am Sportplatz.

Die fünf sprangen aus der Tram. Zweihundert Meter entfernt lag die Sportanlage. Da waren die Kerle! Kalil erkannte sie schon von Weitem. In der prallen Frühjahrssonne kickten sie sich lässig den Ball zu. Jetzt waren sie allerdings nicht mehr zu dritt, sondern viel mehr. Vielleicht sollten sie doch besser nicht …

Jonas stolperte wie ein begossener Pudel vom Platz. Auch Kalil schluckte. In ihrer Aufregung hatte keiner der fünf TORnados bemerkt, dass hier ein richtiges Spiel lief. Der Schiedsrichter sah zu ihnen hinüber und schüttelte sauer den Kopf.

„Okay …“, grummelte Jonas nur. Wohl oder übel mussten sie auf den Schlusspfiff warten. Alle setzten sich auf die Tribüne. Nur Jonas lief angespannt die Treppen auf und ab.

Was sie zu sehen bekamen, versetzte alle in Staunen. Die D-Jugend von Charlottenburg war bärenstark. Erkan, Danni, Max und ihr Team spielten ihren Gegner in Grund und Boden. Besonders die drei, die sie auf dem Bolzplatz angemacht hatten, stachen heraus. Flanken fanden über den halben Platz ihr Ziel. Schüsse gingen genau unters Lattenkreuz. Gegner wurden schwindelig gespielt. Ein Traumtor folgte auf das nächste.

„Ey Digger, aus der Rache wird nichts", stellte Mustafa trocken fest. „Die hauen uns unangespitzt in den Boden."

Luong und Kalil nickten. Demba massierte seine langen Beine. Er ließ lieber Tore sprechen, als selbst etwas zu sagen.

Doch Jonas konnte es nicht lassen. Er konnte diese Schmach nicht auf sich sitzen lassen. Das sah Kalil seinem Freund mehr als deutlich an.

Als die Mannschaften nach dem 12:1-Sieg in die Kabine verschwinden wollten, stellte Jonas sich den Hausherren in den Weg.

Jonas blieb nur noch ein Trumpf. „Es geht um mehr als die Ehre“, verkündete er.

Kalil hielt den Atem an. Er wusste, was nun kommen würde.

Doch als Jonas es sagte, traf es Kalil trotzdem wie ein Blitzschlag. Jonas funkelte die Großen böse an.

Kapitel 3
England ruft

Die Rückfahrt verlief in eisigem Schweigen. Max, Danni und Erkan hatten den Mannschaftsrat einberufen und schließlich zugesagt. Ein Original-Trikot von Leroy Sané war ein Preis, um den es sich zu kämpfen lohnte. Vor allem, weil man gegen die „Kurzen" ja gar nicht zu kämpfen brauchte, wie Danni meinte. Man musste nur auf den Platz gehen und eben kurz ein paar Tore schießen. Dann hatten sie den Preis sicher.

In vier Wochen wollten sie gegen die Fußball-TORnados antreten, auf dem Platz am Schrebergarten. Vorher ließ es ihr Spielplan nicht zu.

„Kannst das Ding schon mal einpacken", klang es Kalil noch im Ohr. Und besonders bitter war Erkans Spruch: „Nicht schmutzig machen, das gehört jetzt uns."

An der Haltestelle in der Nähe der Schrebergärten sprangen Jonas, Kalil, Mustafa, Bäumchen und

Demba aus der Tram. Hier waren sie vor neunzig Minuten eingestiegen, als Kalil noch Besitzer eines Trikots von Leroy Sané gewesen war. Anders als Jonas war Kalil wirklich nicht leicht aus der Ruhe zu bringen. Nun aber kochte es in ihm. Kalil packte Jonas an der Schulter.

Jonas biss sich auf die Lippen. Er wusste, dass er Bockmist gebaut hatte. Zum ersten Mal seit sie sich kannten, war Kalil richtig sauer auf seinen Freund. Am liebsten hätte er ihn in einen Karton gepackt und nach Indien zu seiner Großtante aufs Land geschickt.

Sein Trikot! Sein Hauptgewinn! So gut wie futsch!

Das Trikot war Kalils liebster Besitz aller Zeiten. Eher hätte er freiwillig seine Mutter hergegeben als das Shirt. Und Jonas, dieser Mistkerl, hatte es als Preis angeboten!

Kalil schlug vor Ärger gegen eine Ampel. Sie sprang sofort auf Rot. Dann wieder auf Grün, dann wieder auf Rot.

Kalil winkte ab. „Vier Wochen!“, polterte er los. „Mehr Zeit bleibt uns nicht. Sollen uns bis dahin Flügel wachsen?“

Jonas lachte, aber es klang kein bisschen fröhlich. „Quatsch. Wir trainieren einfach doppelt so hart wie sonst“, forderte er. „Ich bin mir sicher: Morgen freut sich unser Trainer über die neue Herausforderung!“

Am folgenden Nachmittag kamen alle pünktlich auf dem Sportplatz am Schrebergarten zusammen. Mit Atzes Opa Emil und seinen Freunden hatten die Fußball-TORnados abgemacht, dass sie hier jederzeit kicken durften. Die meisten der Jungs kamen auch wirklich in jeder freien Minute her. Dann machten sie Spiele drei gegen drei oder einfach Freistoßtraining. Mittwochs aber war offizielles Mannschaftstraining. Wer nicht auftauchte, musste zwei Euro in das Team-Sparschwein werfen. Kalil war sehr stolz darauf, dass das Schweinchen noch immer komplett leer war. Wer nicht den Kopf unterm Arm tragen musste oder mit 48 Grad Fieber im Bett lag, kam. So wie heute.

Kalil zählte durch. Alle elf Fußball-TORnados trabten auf den Platz: Luong, Jonas, Mustafa, Demba, Atze, Paul, Dimitri, Arsim, Achmed, Hakim und er selbst. Ihr Trainer erwartete sie bereits im Mittelkreis.

Kalils schlechte Laune verflog ein bisschen, als er seinen Trainer sah. Wenn es überhaupt jemand schaffen konnte, sie in vier Wochen dreimal besser zu machen, dann war er es.

Bernie Neuendorf war ein Glücksfall. Er konnte nicht nur gut mit jungen Kickern umgehen, sondern auch mit dem Ball. Eigentlich hatte er Profi-Fußballtrainer werden wollen. Doch seine Eltern fanden damals, ihr kleiner Bernie müsse etwas Vernünftiges machen. So war er Sportlehrer geworden. Jonas und Kalil hatten ihn nicht zweimal fragen müssen, als sie die TORnados ins Leben gerufen hatten. Bernie Neuendorf hatte sofort als Trainer zugesagt. Wegen seiner außergewöhnlichen Trainingsmethoden und den Profi-Tipps hatten die Fußball-TORnados schon so manches Spiel gewonnen.

Und Kalil war sich sicher: Bernie Neuendorf konnte sie auch für das Spiel gegen die Charlottenburger fit machen.

Doch es kam ganz anders.

„Liebe Leute“, begann Neuendorf. Er hatte den Kopf gesenkt und starrte ins Gras, als würde dort das Champions-League-Endspiel gezeigt.

Sofort wurden alle still. So offiziell begrüßte ihr Trainer sie sonst nie. Die Sache wurde auch nicht dadurch besser, dass er nun von seiner Limokiste aufstand und die Flaschen an seine Jungs verteilte.

„Was ist denn jetzt los?“, flüsterte Bäumchen Kalil zu. „Ist einer gestorben?“

Kalil versuchte ein Lächeln, aber es wollte nicht kommen. Denn auch Bernie schüttelte nur den Kopf.

„Ja, die Zeit mit euch war wunderschön“, gab Neuendorf zu. „Ich habe viel gelernt, vor allem, dass alles wahr wird, wenn man nur fest genug daran glaubt. Aber glauben alleine hilft nicht. Wenn man auf dem Sofa sitzt und in der Nase bohrt, wird gar nichts wahr. Also habe ich vor ein paar Wochen …“

Bernie Neuendorf pustete so tief durch, als müsste er gleich ein drei Meter langes Badekrokodil in einem Zug aufblasen.

„Vor ein paar Wochen habe ich von einem Angebot aus England gelesen“, redete er weiter. „Ein Klub der Dritten Liga suchte einen neuen Trainer. Eine Woche lang habe ich nicht geschlafen. Dann hatte ich endlich den Mut, um dort anzurufen. Wir haben ewig über die englische Premier League gequatscht. Es war toll. Ich spürte wieder ein Feuer in mir brennen, das ich nach meiner Schulzeit beinahe ausgepustet hatte. Ich bin hingefahren und …“

Bernie Neuendorf seufzte. „… leider kann ich mich nicht zweiteilen“, fuhr er fort. „Ich habe meinen Job als Lehrer hingeschmissen. Mit unserem Rektor habe ich einen Weg gefunden, sodass ich sofort gehen kann.“

Bernie Neuendorf hob den Kopf. Nacheinander sah er allen TORnados in die Augen.

„Nächste Woche fange ich in England an“, beendete Neuendorf seine Ansprache.

Kapitel 4
Es kommt noch schlimmer

Es war mucksmäuschenstill auf dem Platz. Mit so einer Nachricht hatte natürlich niemand gerechnet. Neuendorf war immer fair gewesen, freundlich und gerecht. Von seinem Traum hatte er oft genug erzählt. Und er hatte alle ermutigt, immer ihren eigenen Träumen nachzugehen. Deshalb freuten sich die Jungs mit ihm. Aber nur im Stillen. Denn sein Weggang war auch ein ungeheurer Verlust, so viel stand fest.

„Gratuliere, Trainer …“, sagte Kalil und reichte Neuendorf die Hand. Es war von beiden kein kräftiger Männergruß. Es kam Kalil eher vor, als hätte er eine vertrocknete Salatgurke zwischen den Fingern.

Neuendorf nickte Kalil dankbar zu, doch Kalil sah schnell zu Boden. Für ihn bedeutete es, den letzten Strohhalm zu verlieren, an den er sich die ganze Nacht und den heutigen Morgen geklammert hatte.

Nun war das Trikot zu hundert Prozent weg. Und mit ihm *Kalils Leroy-Sané-Hotel.*

Er sah zu ihrem Kapitän hinüber. Jonas schüttelte nur den Kopf. „Das darf doch nicht wahr sein", murmelte er in sich hinein. „Warum gerade jetzt?! Hätte ich doch nur meine Klappe halten können!"

Dann schoss Kalil eine weitere Frage durch den Kopf. Neuendorf war ab sofort nicht mehr für sie zuständig. Aber …

„Wer macht's denn dann?", wollte er wissen.

„Genau! Samstag ist doch ein wichtiges Spiel", fiel Mustafa wieder ein. „Gegen das Team der Beethoven-Schule. Darauf freuen wir uns seit Wochen!"

Neuendorf biss sich auf die Unterlippe. „Natürlich habe ich mich gleich bemüht, einen neuen Trainer zu finden", stammelte er ein wenig hilflos. „Mehr als zwanzig Freunde und Sportlehrer habe ich angerufen. Aber mitten in der Saison sind alle beschäftigt. Im Herbst ist ein Spieler aus der A-Jugend von Kreuzberg 05 bereit. Jetzt muss er noch für seinen Schulabschluss büffeln und …"

Neuendorf ließ die Schultern hängen.

„Jungs, es tut mir leid. Aber ich habe niemanden gefunden", musste er gestehen. „Und wenn ihr keinen Trainer habt, könnt ihr keine offiziellen Spiele machen. Das Spiel gegen die Beethoven-Schule habe ich bereits abgesagt."

Der Satz schlug ein wie eine Bombe. Alle Spieler sprangen auf. Luong, Jonas, Mustafa, Hakim, der bullige Demba und die anderen redeten wild durcheinander auf Neuendorf ein. Vor Aufregung redete jeder in seiner Muttersprache. Kroatisch, Russisch, Vietnamesisch, Syrisch und Deutsch. Atze zupfte dem Trainer die ganze Zeit an der Trainingsjacke. Kein Wort war zu verstehen, bis Bernie Neuendorf die Arme hob.

Auch Bäumchen musste etwas Wasser in seinen Augen wegblinzeln. „Das können Sie doch nicht machen“, beschwerte er sich zaghaft. „Haben Sie denn gar kein Herz?“

„Doch“, erwiderte Neuendorf. „Und es bricht, wenn ich von eurer Liebe zu diesem Sport höre. Aber glaubt mir, ich habe nächtelang telefoniert. Es scheint in ganz Berlin gerade keinen freien Trainer zu geben.“

Jonas ließ sich rückwärts auf den Platz fallen. Atze schüttelte nur den Kopf. Achmed und Dimitri hockten wie hypnotisiert da, die Köpfe aneinander gelehnt. Ab sofort standen sie ohne Trainer da. Kalil hockte neben Arsim im Gras. Er konnte es kaum fassen. Ende. Aus. Nicht nur das Trikot von Sané war damit futsch. Sondern alles. Ohne Trainer keine Spiele. Es sei denn …

„Moment mal“, platzte es aus ihm heraus. „Herr Neuendorf, wie lange gilt denn Ihre Trainerlizenz hier in Deutschland noch?“

Bernie Neuendorf verzog fragend das Gesicht. „Bis zum Ende der Saison. Also noch ein paar Monate. Aber, was...?“

Kalil ließ ihn gar nicht ausreden, dafür war er viel zu aufgeregt. „Dann könnten Sie doch wenigstens auf dem Papier noch unser Trainer sein, oder?“, schlug er vor. „So als offizieller Verantwortlicher. Das geht auch von England aus. Wenn uns einer fragt, schwören wir, dass Sie uns jede Woche mit einer Videokonferenz coachen. Und dann könnte unser Kapitän Jonas die Fußball-TORnados trainieren. Als Spieler-Trainer …“

Kapitel 5
Spieler-Trainer

Jonas strahlte über das ganze Gesicht. Er erinnerte Kalil an den Moment vor ein paar Wochen, als Jonas in der Schule zum Klassensprecher gewählt worden war. Jonas war ein Ehrenmann. Er nahm solche Wahlen nicht nur ernst. Jonas sah sie auch als Zeichen dafür, dass er respektiert wurde. Und der Respekt der anderen war für jeden Jungen in ihrem Alter das größte Lob, wertvoller als jeder Pokal.

Alle Spieler der Fußball-TORnados hatten einstimmig Jonas gewählt. Gut, es hatte keine anderen Kandidaten gegeben. Und auch sonst keine Lösung. Trotzdem bedeutete Jonas die Wahl zum Spieler-Trainer eine ganze Menge. Das merkte Kalil seinem besten Freund den Rest der Woche über deutlich an. Ständig machte Jonas sich Notizen, sogar in seinem Lieblingsfach Englisch. Er wälzte Bücher über die besten Trainer der Welt und klickte sich durch ein Video nach dem anderen im Internet. Drei Mal in vier Tagen war Kalil bei ihm, weil Jonas mit ihm die Taktik besprechen wollte.

Schon Mittwochabend, direkt nach dem Training, das nicht stattgefunden hatte, unterschrieb Bernie Neuendorf auf dem Spielbogen für Samstag als offizieller Trainer. Anschließend flog er nach England zu seinem neuen Verein.

Kalil wünschte Neuendorf wirklich von ganzem Herzen, dass er dort glücklich wurde. Das Kapitel war abgehakt. Der neue Boss der Fußball-TORnados war nun Jonas.

„Ich werde meine Macht nicht missbrauchen", versprach er Kalil noch am Samstagmorgen. „Es geht um den Erfolg der Mannschaft, jeder einzelne Spieler für sich alleine ist unwichtig, auch ich."

In der Umkleidekabine der Beethoven-Schule war es muffig heiß. Es roch nach Käsefüßen und billigem

Duschgel. Kalil schwitzte schon vom Umziehen. Alle redeten durcheinander.

Auch Jonas hatte einen roten Kopf. Bei ihm war es aber sicher die Aufregung. Jonas steckte sich vier Finger in den Mund und pfiff. Dann winkte er seine Männer zu sich.

Kalil wusste schon mehr als die anderen: Sie spielten auf dem halben Feld, sieben gegen sieben. So hatte Neuendorf es noch mit dem Trainer der Schule abgemacht.

Alle zehn Spieler drängten sich um Jonas. Kalil stand wie ein Bodyguard neben seinem besten Freund. Er war stolz auf Jonas und stolz auf seinen Einfall mit dem Spieler-Trainer.

„Also, hier ist die Aufstellung“, verkündete Jonas salbungsvoll. „Mustafa im Kasten, Bäumchen und Paul hinten, Atze, Kalil und ich Mittelfeld und Demba als Sturmspitze vorne drin.“

Die Aufgezählten nickten und zogen sich die Stutzen hoch. Arsim aber schmiss seine Schienbeinschoner in die Ecke. „War ja klar, alle seine besten Freunde!“

Und auch Dimitri verzog das Gesicht.

„Ruhe!“, polterte Jonas los. „Ich bin der Trainer, kapiert? Ergänzungsspieler, die motzen, schmoren für alle Ewigkeit auf der Bank. Das ist in der Bundesliga auch so.“

Kalil zuckte zusammen. Da war er wieder, der andere Jonas. Nicht besonnen und nachdenklich wie in der Schule, sondern aufbrausend und leicht reizbar.

Mit hochrotem Kopf führte Jonas seine Mannschaft zwei Minuten später auf den Platz. Die anderen hatten schwarz-weiß gestreifte Trikots an. Zauber-Zebras nannten sie sich.

„Streifenhörnchen wäre passender", tönte Bäumchen. „Die sind ja noch kleiner als ich!"

Kalil lachte nicht. Es war ihm schon ein paar Mal passiert, dass er Gegner nur nach ihrem ersten Eindruck bewertet hatte. Meistens, wenn er selbst sich so überlegen fühlte, unterschätzte er die anderen total. Und auf dem Platz rächte sich Überheblichkeit sofort.

Die Zauber-Zebras bekamen Anstoß. Lennart, ihr Kapitän, legte sich den Ball zurecht. Er wirkte sehr selbstbewusst, das fiel Kalil gleich auf. In seinem Inneren schrillten Alarmglocken.

„Den müssen wir im Auge behalten", zischte auch Jonas Atze zu. „Der kann was, wetten?"

Dann pfiff der Schiri. Lennart tippte den Ball nur an und rannte dann blitzschnell in die gegnerische Hälfte. Demba ließ ihn passieren, aber Jonas heftete sich an Lennarts Fersen.

Das andere Streifenhörnchen passte quer auf einen blonden Lockenkopf. Atze grätschte, kam aber nicht an die Pille ran. Der Lockenkopf machte einen Übersteiger, ließ auch Paul stehen und passte dann in die Mitte. Dort lauerte schon Lennart. Der kam halb im Fallen an den Ball und drosch aufs Tor. Mustafa machte sich lang wie eine Bahnschranke. Mit den Fingerspitzen kam er noch ans Leder und lenkte es über die Latte.

„Das war dein Mann!“, schnauzte Kalil Jonas an. Sofort biss er sich auf die Lippen. Der ganze Ärger über die Trikotsache musste jetzt scheinbar nach draußen.

Jonas blickte zur Außenlinie, ob der Trainer das genauso sah. Doch da war niemand. Siedend heiß schien ihm wieder einzufallen, dass er ja der Chef des Teams war.

„Okay, mein Fehler!“, gab er zu und hob die Hand. Aber Kalil sah, wie sehr er sich für dieses Eingeständnis zusammenreißen musste. Kalil nickte ihm zu. Dann konzentrierte er sich wieder.

Locke hatte sich den Ball schon zur Ecke zurechtgelegt. Kalil erwartete einen flachen Schuss. Die Zebras waren wirklich keine Riesen, da hatte Bäumchen schon recht gehabt. Also hatten sie beim Köpfen keine Chance. Jonas stand Lennart fast auf den Füßen. Wenn der andere Kapitän einen Schritt zur Seite ging, folgte Jonas ihm wie ein Magnetmännchen.

Kalil platzierte sich mitten in der Box. Wie ein Wellenbrecher im Meer wollte er jedem Gegner im Weg sein. Doch als Locke den Ball in die Mitte brachte, kam hinter Kalil ein dunkelhäutiger Spieler angerauscht. Kalil bemerkte ihn nur aus dem Augenwinkel.

Jonathan war zwar klein, sprang aber wie ein Känguru. Er hob ab und erwischte den Ball optimal mit der Stirn.

Der Ball zappelte im Netz hinter ihm.

Jubelnd lagen sich die Streifenhörnchen in den Armen.

„1:0“, verkündete der Schiri und zeigte auf den Punkt.

Jonas trat in den Boden. „Kalil, das war deiner!“, motzte er nun zurück. „Mein Mann war bei mir sicher wie im Safe der Bundesbank.“

Kalil wollte ihm scharf antworten. Doch ihr Torwart kam ihm zuvor.

„Ich konnte nichts sehen“, wetterte Mustafa. „Jonas war mir im Weg. Der hat die ganze Zeit hin und her gezappelt!“

Jonas' Gesicht wurde noch röter. „Dann geh einen Schritt zur Seite!“, rief er. „Ich bin ja kein Mammut!“

Mustafa winkte ab und drosch den Ball zum Mittelkreis. Jonas trabte nach vorne, aber da standen schon Paul und Atze. „Musst nicht alles machen, nur weil du jetzt Trainer bist“, fuhr Paul seinen Kapitän an.

Jonas hob abwehrend die Hände. „Ich wollte doch nur …“

„Spiel lieber besser, wa“, motzte Atze. „Denn ham wa auch 'ne kleene Chance.“

Jonas ballte die Fäuste. Nun würde er alles geben, das wusste Kalil. Doch kurz darauf rutschte Jonas noch zweimal am Ball vorbei. Das hier war ganz eindeutig nicht sein Spiel.

„Paul raus, Arsim rein“, brüllte Jonas, wohl um von sich selbst abzulenken.

Paul zeigte ihm einen Vogel, gehorchte dann aber.

Kurz darauf folgte das 2:0 für die Beethoven-Schule. Lennart hatte es geschossen.

Diesmal schnappte Jonas sich den Ball für den Anstoß. Die anderen Feldspieler kamen zu ihm.

Bäumchen tippte Jonas auf die Schulter. „Trainer, ähm, Kapitän, also, wäre es nicht besser, wenn wir den Lennart in Manndeckung nehmen?“, schlug er vor. „Raumdeckung funktioniert ja irgendwie nicht.“

Auch Arsim kam angerannt. „Wir sind hinten ein bisschen wenig“, fand er. „Kannst du nicht einen Mann aus dem Mittelfeld abziehen?“

„Jenau“, mischte sich auch Atze ein. „Wir brauchen ’nen frischen Mann. Dimitri wäre jut!“

Demba hob nur verzweifelt die Hände. „Alter, ich verhungere da vorne“, beschwerte er sich. „Kann mich nicht mal einer mit Flanken füttern?“

Jonas schwirrte der Kopf. „Was fragt ihr mich das?“, antwortete er schließlich. „Findet selbst eine Lösung. Ich bin ja nicht euer Babysitter!“

Also spielten sie weiter. Der Ball holperte von Station zu Station, nichts klappte wirklich. Jonas wirkte völlig überfordert. Er machte eindeutig den schlechtesten Kick seines Lebens. Noch nie hatte Kalil ihn so kraft- und mutlos mit dem Ball erlebt. Seine sonst so gefürchteten Flanken landeten fast alle im Aus. Sogar die Freistöße segelten ohne Druck auf den Torwart oder blieben gleich in der Mauer hängen.

Kalil machte immerhin ein Tor. Doch nach Jubel war ihm nicht zumute.

Als der Schiri nach 60 Minuten endlich abpfiff, rissen die Zebras die Hufe in die Luft. Die Streifenhörnchen hatten die Fußball-TORnados mit 5:1 besiegt. Von diesem Triumph würden sie noch ihren Enkeln erzählen, so viel war klar.

„Warum haste dich nicht ausjewechselt!“, schimpfte Atze mit Jonas. „Du warst der schlechteste Mann uffm Platz.“

Jonas nickte. „Ihr habt recht, Leute“, gestand er. „Kapitän sein, Tore schießen, die Taktik vorgeben – das ist einfach zu viel.“

Kalil atmete tief durch. Jonas war nun wieder die Ruhe selbst. Das strahlte auch auf alle anderen im Team aus. Der Ton wurde wieder freundlicher. Die Fußball-TORnados hockten sich in den Schatten vor dem Kiosk und ließen die Köpfe hängen. Aber keiner machte einem anderen noch irgendwelche Vorwürfe.

Sie waren eine Mannschaft. Sie gewannen zusammen und sie verloren zusammen. Und vor allem brauchten sie alle zusammen eine Lösung für ihr Trainerproblem.

„Also“, fasste Kalil das Problem noch einmal zusammen. Schließlich ging es um sein Trikot. „Wir brauchen einen richtigen Trainer. Wo kriegen wir den her?“

Kapitel 6
Gehirnsturm

Am Sonntagmorgen war die gedrückte Stimmung immer noch nicht verflogen. Jonas, Kalil, Mustafa und Demba hockten in der Laube von Opa Emils Schrebergarten auf dem Sofa. Keiner hatte bisher eine gute Idee gehabt, wo sie einen Trainer herzaubern könnten.

Lustlos blätterten sie die Sonntagszeitungen mit den Bundesligaergebnissen durch. Normalerweise kommentierten sie jedes Tor, jedes Foul, jede Einwechselung des Spieltages. Heute aber konnten selbst die Zaubertore ihrer Lieblingsspieler sie nicht aufheitern.

Atze hing im Sessel in der Ecke und spielte mit seinem Opa Karten. Wenn sie Emil ein bisschen im Garten halfen, waren die Fußball-TORnados hier immer willkommen. Emil meckerte nicht bei Kleinigkeiten wie die meisten ihrer Eltern. Und die beste Zeit des Jahres, der Sommer, lag ja noch vor ihnen.

Kalil seufzte. Alles hätte so schön sein können, wenn nur das Trainerproblem endlich gelöst wäre!

Jonas schlug die Zeitung zu und schob sie von sich. „Dann ist es eben so", knurrte er. „Wir müssen uns eben alle damit abfinden: Das letzte Spiel haben die Fußball-TORnados hinter sich."

Kalil verdrehte die Augen. „Jetzt sieh doch nicht immer so schwarz", ermahnte er seinen Freund. „Noch ist nicht alles verloren. Wir müssen eben mal richtig nachdenken, nicht nur in der Nase bohren. *Brainstorming* nennt man das!"

„Jehirn-Sturm?", übersetzte Atze. „Bei dir in da Birne is wohl eher Flaute!"

Die Tür flog auf. Achmed kam mit einer großen Papiertüte aus dem Gemüseladen seiner Eltern herein. „Braucht jemand dringend Kirschen?", fragte er fröhlich. „Die waren noch über."

Sofort sprangen alle auf. Kirschen waren die beste Medizin gegen miese Stimmung! Die Freunde zerfetzten Achmed die Tüte glatt in der Hand.

Achmed grinste. „Und ich habe noch was mitgebracht“, sagte er. „Auch zum Anbeißen, aber größer.“

Er stupste die Tür auf. Lena und Aishe kamen herein, die coolsten Mädchen aus ihrer Klasse.

Beide rollten mit den Augen wegen Achmeds blödem Spruch.

„Hey“, grüßte Lena. „Achmed hat uns alles erzählt. Und wir haben auch eine Idee.“

Jonas setzte sich gerade hin und wischte sich blitzschnell den Saft vom Mund. „Lasst hören!“

Aishe lächelte. „Also, bei uns an der Schule weiß jeder von der Sache“, fasste sie zusammen. „Da sind schon alle gefragt worden. Aber beim Fußball gibt es ja bekanntlich 82 Millionen Möchtegern-Trainer in Deutschland. Vielleicht taugt einer von denen ja wirklich was?“

„Klar“, meldete sich nun auch Demba zu Wort. „Aber die kennen uns nicht.“

Lena stemmte die Arme in die Hüften. „Dann wird es Zeit, dass sie euch kennenlernen“, antwortete sie. „Für unser Schultheater haben wir damals große Plakate gemalt. Da kamen dann doppelt so viele Zuschauer wie sonst. Das machen wir jetzt wieder!“

Sie nahm ihren Rucksack von der Schulter und legte eine Rolle Pappe auf den Tisch.

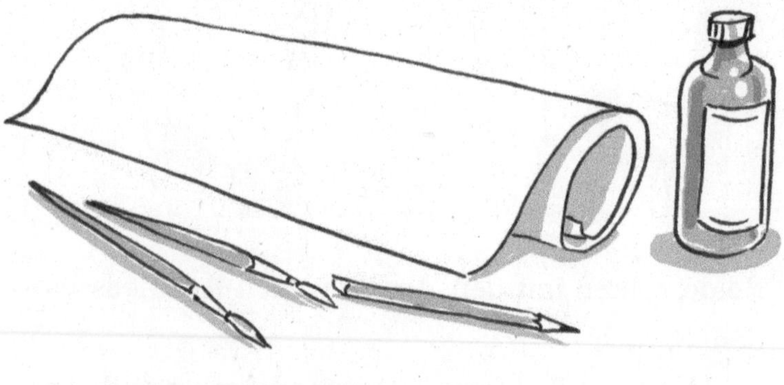

„Yes? Or no?“, fragte Aishe. Sie legte ein paar Farbtöpfe und Pinsel daneben.

Erwartungsvoll sah Lena in die Runde.

„Yes!“, antwortete Kalil dann. „Ich will mir nicht von Leroy Sané vorwerfen lassen, wir hätten nicht alles versucht.“

Auch Jonas, Mustafa, Achmed, Atze und Demba fanden die Idee super.

Opa Emil machte sein Radio an. Er fand seinen Lieblingssender. Das war zwar Rockmusik, aber zum heutigen Tag passten die krachigen Songs. Es wurde richtig witzig mit den Mädchen.

Jeder von den acht gestaltete ein Plakat.

Demba benutzte Grün, Gelb und Rot, wie die Fahne des Senegals, des Heimatlands seiner Eltern. Mustafa zeichnete eine ganze Mannschaft von Comic-Fußballern. Achmed schnitt sein Plakat rund und malte ein Fußballmuster darauf und auch die anderen hatten echt coole Ideen, fand Kalil.

Ihm selbst fiel lange nichts ein. Was seine Freunde machten, gefiel ihm immer besser als seine eigenen Einfälle. Schließlich aber wusste er, was er machen wollte. Kalil malte seine Pappe grasgrün an und ließ nur ein paar Linien rundherum weiß. In die Mitte kamen noch ein Kreis und ein Strich und fertig war das Fußballfeld. Genug Platz für den Text war auch noch.

Stolz lehnte Kalil sich zurück. Es war alles toll geworden. Diese Plakate konnte wirklich niemand übersehen.

TRAINER GESUCHT!!
ACHTUNG!
Hi TRAINER!
SUCHEN DICH!
TRAINER
DIE FUSSBALL TORNADOS
GESUCHT!

Dann erklärten sie kurz, warum das alles so eilig war. Die Sache mit Neuendorf und England und dass sie sonst aufhören müssten. Das Duell mit der D-Jugend von Charlottenburg erwähnten sie lieber nicht. Erschrecken konnten sie den Trainer ja noch, wenn er zugesagt hatte.

Dick in die untere Ecke kam noch die Handynummer von Kalil – schließlich ging es um sein Trikot. Jeder nahm sein Plakat mit nach Hause. Noch am Abend bekam Kalil sieben Mal die gleiche Nachricht: *Aufgehängt!*

Kapitel 7
Handy kaputt?

Kalils Handy blieb stumm. Am Sonntagabend. Am Montagmorgen beim Aufstehen. Beim Frühstück. Beim Weg zur Schule: nichts!

In der Schule hatte Kalil es erst nur heimlich während der großen Pause eingeschaltet. Nun ließ er das blöde Ding sogar im Unterricht an – was strengstens verboten war. Auf Sachkunde konnte er sich kein bisschen konzentrieren, obwohl das eigentlich sein Lieblingsfach war. Frau Schnieder war eine sehr gute Lehrerin, auch wenn sie mit ihrem grauen Rock und der Hornbrille ziemlich altmodisch aussah. Im Moment sprachen sie über Könige und Kaiser. Aber nicht die aus dem Märchen, sondern Herrscher, die wirklich gelebt hatten.

„Und so kam dann Kaiser Wilhelm II. an die Macht", verkündete sie gerade. Ihr strenger Blick strich über die Häupter ihrer Schüler hinweg, bevor sie ihn wieder ins Buch versenkte.

Kalil tippte Jonas an, der neben ihm saß. „Hast du deinen Zettel auch wirklich angeklebt?“, zischte er.

Jonas rollte mit den Augen. „Mann, das hast du mich schon zwanzig Mal gefragt“, antwortete er genervt. „Ja, gestern Abend an der Zeitungsbude. Da kommen immer Hunderte von Männern vorbei.“

Kalil nickte. „Vielleicht hat das einer abgerissen und ruft heute nach Feierabend in Ruhe an“, vermutete er.

Trotzdem warf er wieder einen Blick auf das Display. Nichts.

Frau Schnieder drückte auf einen Knopf am Overhead-Projektor. Auf der Leinwand erschien das Bild von einem alten Mann mit seltsamer Kopfbedeckung.

„Wilhelm II. hatte viele Probleme im Deutschen Reich zu lösen“, erklärte Schnieder weiter. Kalil hätte gerne mehr über den deutschen Kaiser erfahren, aber im Moment gab es einfach Wichtigeres.

Kalil schrieb eine Nachricht an Lena:

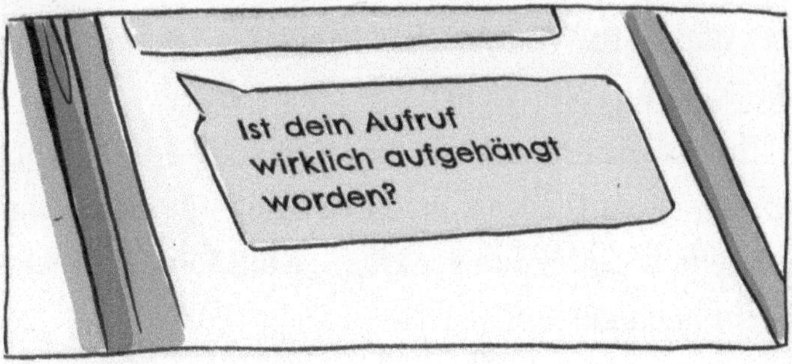

Lena lauschte weiterhin dem Unterricht. Kalil biss die Zähne zusammen. Obwohl die Zukunft der Fußball-TORnados auf dem Spiel stand, hatte Lena ihr Smartphone nicht an!

Also hustete Kalil laut. Dabei riss er eine Seite aus seinem Heft. Er musste wissen, ob auch Lena ihren Aufruf losgeworden war.

Das krakelte Kalil auf den Zettel und knickte ihn dreifach zusammen. LENA, schrieb er auf das Briefchen. Kalil musste es Demba zuwerfen, von dort ging es über Bäumchen weiter Richtung Mädchenbank.

„Wie starb Wilhelm II.?“, frage Frau Schnieder in die Klasse. „Wer weiß es?“

Ihr Adlerblick kreiste durch die Klasse. Plötzlich sprang sie auf, eilte zum Tisch von Atze und nahm ihm einen Zettel aus der Hand. Kalil sah zur Decke. Nicht auch das noch!

Die Lehrerin musste zweimal auf das Briefchen schauen.

„Kalil!“, schimpfte sie dann. „Das ist nicht nur falsch, sondern auch völlig geschmacklos! Der Kaiser wurde nicht aufgehängt, sondern …“ Sie rang nach Fassung. „Bis morgen schreibst du einen Aufsatz über das Leben Kaiser Wilhelms des Zweiten.“ Sie blickte Kalil über den Rand ihrer Brille streng an. „Und ein Extrakapitel wirst du seinem Tod widmen.“

Die Klasse brüllte vor Lachen. Selbst Luong, Mustafa, Jonas, Lena und Aishe lachten mit. Kalil verzog das Gesicht. Er versuchte auch zu grinsen, kriegte es aber nicht hin. Schließlich ging es wirklich um Leben und Tod.

In der zweiten großen Pause brauchte Kalil Trost. Außerdem musste er wirklich sicher sein, ob sein Handy noch funktionierte. Er hockte sich auf eine Mauer am Rand des Schulhofs und schrieb eine Nachricht an seinen großen Bruder in Indien.

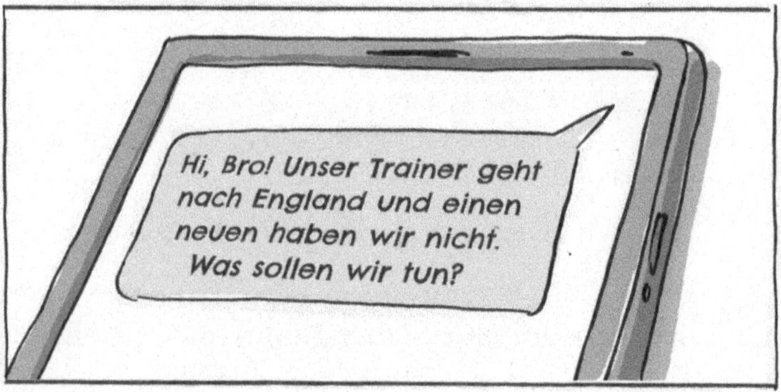

Nur eine Minute später vibrierte das Handy in seiner Tasche.

„Mir schreibt einer!“, brüllte Kalil quer über den ganzen Schulhof. Sofort liefen alle Freunde zusammen.

„Mein Bruder“, las Kalil dann. Es war das erste Mal im Leben, dass er lieber von einem anderen etwas gehört hätte.

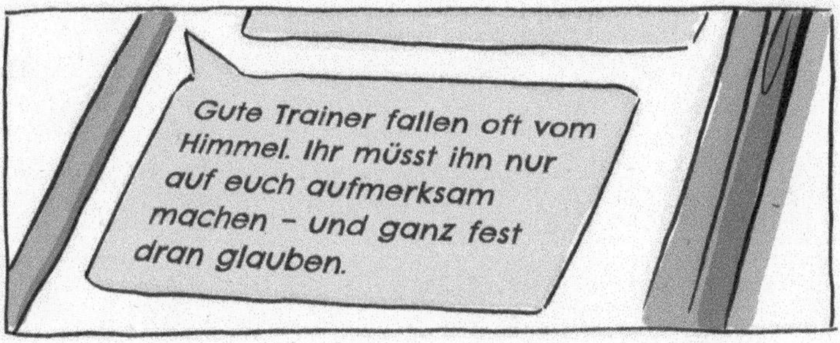

„Dein Bruder hat recht“, sagte Achmed und biss in seine Spinat-Pide. „Die Plakate sind nicht schlecht, aber ich sehe mir so was gar nicht mehr an. Die ganze Stadt ist doch voll mit Werbung für jeden Mist.“

Mustafa nickte. „Was wir bräuchten, ist eine richtig geile Aktion, Alter. Einen Knaller, wo jeder gleich Bock drauf kriegt, unser pfiffiges Team zu coachen.“

Achmed biss wieder in sein türkisches Gebäck. Kalil starrte seinen Freund aus der 3B an. Dann sprang er auf:

Kapitel 8
Knalleridee!

Die restlichen Schulstunden wollten und wollten nicht vergehen. Wie Kaugummi unter einer Schuhsohle zogen sie sich in die Länge.

„Wenn ich im Kino bin, sind zwei Stunden immer ruckzuck um“, grummelte Luong. „Besonders bei Fußballfieber 3, wo Außerirdische vom Planeten GZZ12Strich277-Positiv auf der Erde landen und den Fußballvirus verbreiten. Die Menschen in dem kleinen Dorf können plötzlich alle Fußball spielen wie Ronaldo und der dreijährige Bruder vom Helden wird für 500 Millionen Dollar von Real Madrid gekauft.“

Kalil stieß ihm in die Rippen, der Lehrer zur letzten Stunde kam rein. Die Sekunden tröpfelten dahin wie Wasser aus einem kaputten Gartenschlauch. Endlich aber wurden sie von der Schulglocke erlöst.

Kapitel 9
Bewerbungsflut

„Willi, äh, Wilhelm II. starb schließlich. Und zwar zufällig genau an seinem Todestag“, beendete Kalil seinen Vortrag. Er stand neben Frau Schnieder am Pult und schwitzte. So richtig gut hatte er sich nicht auf die Strafarbeit konzentrieren können. Immer wieder waren ihm Max, Danni und Erkan durch den Kopf gespukt. Ihre Gegner aus Charlottenburg. Nur mit einem Profi-Trainer hatten sie gegen die Großen eine Chance. Wenn überhaupt. Was war dagegen schon ein deutscher Kaiser?

„Und wie ist er gestorben?“, hakte Frau Schnieder nach.

Plötzlich machte Kalil einen Satz. Das Handy in seiner Hosentasche vibrierte. Er drehte sich ein Stück zur Seite und holte es heraus. Es ging nicht anders. Manche Dinge konnten eben nicht bis zur großen Pause warten. Ohne dass seine Lehrerin es merkte, las Kalil die Nachricht. Sie kam von einem wildfremden Mann.

Frau Schnieder räusperte sich.

Zum Glück stand Luong an dieser Stelle auf und rettete seinen Mitschüler. Er war Frau Schnieders Lieblingsschüler. Wenn Bäumchen etwas sagte, hörte die alte Dame viel besser zu als bei den anderen. Luong erklärte ihr alles und Kalil entschuldigte sich tausendmal. Sein Kopf war röter als ein Bayern-Trikot.

Frau Schnieder war streng, aber kein Unmensch. Nur so kam Kalil um einen Besuch beim Rektor herum.

„Mann!“, sagte Jonas am Nachmittag und musste noch immer lachen. „Dein Bruder hat es ja vorausgesagt: Gute Trainer fallen vom Himmel – aber müssen sie das ausgerechnet während deines Referats tun?“

Sie saßen bei Opa Emil im Garten. In der kleinen Laube war es mit so vielen Leuten einfach zu warm. Mehr als das halbe Team der Fußball-TORnados war da: Luong, Kalil, Mustafa, Atze, Demba, Jonas. Außerdem noch Lena und Aishe und sogar Dimitri fuhr mit seinem Mountainbike vor.

Mittlerweile rasselte Kalils Handy im Minutentakt. Eine richtige Bewerbungsflut schwappte über die Freunde herein. Manche hörten sich echt vielversprechend an, andere waren nur zum Brüllen komisch. Und manche hatten scheinbar noch nie im Leben eine Nachricht auf dem Smartphone geschrieben. Kalil kam kaum dazu, alles vorzulesen.

„Hier, das ist gut“, rief er und musste sich schon in die Faust beißen vor Lachen:

Jonas nahm Kalil das Handy aus der Hand. „Oder der hier:

Sehr geehrte Damen und Herren, mein Name ist Gerd und bin vierundsiebzig Jahre alt. Leibesertüchtigung ist gut für unsere Jugend, darum wäre ich gerne …“

Dimitri rollte mit den Augen. „Leibesertüchtigung! Das klingt nach Medizinball schleppen und Klappmesser machen, bis uns schwarz vor Augen wird. Der nächste bitte!“

Lena las weiter.

„Hallo Fußball-TORnados. Ihr habt super-super Glück. Eigentlich hatte ich meinem alten Freund Pep (Guardiola) zwar versprochen, ihn

zu unterstützen, doch der Vertrag ist noch nicht unterschrieben, deshalb ...“

Jetzt grabschte auch Mustafa mit seinen großen Händen nach dem Smartphone. „Das gefällt mir am besten:

Hallihallo, ihr lieben Kinder. Von vielen Jugendfreizeiten kenne ich mich mit Burschen wie euch sehr gut aus. Ballspiele haben wir dort auch gemacht, zum Beispiel Völkerball und Federball. Nun will ich gerne auch den Fußballsport näher kennenlernen.“

Jonas rieb sich die Hände. „Oh ja, und in der Halbzeitpause füttert er uns mit lecker Breichen. Mjammjam!“

Die anderen lachten. Kalil nahm sein Handy wieder an sich. Auch sonst waren noch viele Angeber und Spinner unter den Bewerbern. „Hier ist sogar unsere Vorturnerin aus dem Kindergarten“, stellte er staunend fest.

Lena hob gleich den Daumen. „Das ist doch mal was anderes“, lobte sie. „'ne Frau als Trainerin finde ich richtig super.“

Luong aber winkte gleich ab. „Die ist furchtbar streng“, erklärte er Lena. „Ich musste mal alleine die Puppenecke aufräumen, weil ich beim Plumpsackspielen Kaugummi gekaut habe! – Und Atze musste immer Hochdeutsch sprechen!“

Kalil überflog noch mal alle Nachrichten. „Also die hier hört sich richtig gut an.“ Er las die Kurzbewerbung vor, die er meinte. Alle waren von den Socken.

„Dass sich so einer bei uns meldet!“, sagte Luong begeistert.

Auch Demba hob den Daumen.

„Dann schlage ich vor, wir laden ihn zum Probetraining ein“, rief Jonas in die Runde. „Wenn das nichts wird, melden wir uns eben beim Nächsten, einverstanden?“

Statt einer Antwort klatschten sich die Jungs ab. Lena und Aishe machten mit.

Kapitel 10
Das Casting beginnt

Kalil war aufgeregt wie vor dem WM-Endspiel. Er hatte dem ersten Kandidaten noch vom Schrebergarten aus die freudige Nachricht geschickt. Nun sollte er mit ihm telefonieren und die Trainingszeiten durchgeben. Seine Nerven lagen blank. Der Name war ihm nämlich gleich bekannt vorgekommen, Kevin Kaufmann. Kalil hatte seine alten Sammelkarten der letzten Jahre rausgekramt und ihn gefunden. Kevin Kaufmann war bis zum vergangenen Jahr Verteidiger in der Bundesliga gewesen, sogar in der Champions League war er ein paar Mal aufgelaufen. Was wollte so einer bei ihnen?

„Hallo, äh, hallo, hier ist Kalil", stotterte Kalil ins Handy. Auf der anderen Seite war nichts zu hören. „Also, ich rufe von den Fußball-TORnados an. Sie haben sich doch als Trainer gemeldet!?"

Endlich redete auch Kaufmann. „Hallo, Kalil, schön, von dir zu hören." Er lachte. „Aber wirklich überrascht bin ich nicht. So viele Kicker mit Erfahrung tun sich so was ja nicht an, oder?"

Kalil schüttelte den Kopf. Dann fiel ihm ein, dass Kevin Kaufmann ihn ja durch das Handy gar nicht sehen konnte. „Äh, ähm, nein", antwortete er hastig. „Wie kommt es denn, dass Sie …?"

Kaufmann lachte wieder. „Meine Süße wohnt hier bei euch im Kiez. Ich mache gerade den A-Trainerschein, mein Ziel kann natürlich nur die Bundesliga sein. Na ja, aber immer nur büffeln ist auch nichts. Da dachte ich, ihr braucht Hilfe und ich brauche Ablenkung und ein bisschen echte Erfahrung – das passt!"

Ja, das passt!, schoss es Kalil durch den Kopf. Kaufmann machte einen super Eindruck auf ihn. Selbstbewusst, abgezockt, voller Erfahrung. Einfach ein Glücksgriff!

„Also, dann bis morgen Nachmittag um vier", verabschiedete er sich und drückte das Gespräch weg.

Kalil war happy. Das Trikot von Leroy Sané war sein größter Schatz und würde es auch bleiben. Daran gab es mit diesem Trainer keinen Zweifel mehr. Und sicher würde Kevin Kaufmann ihm noch die Sammelkarte unterschreiben. Kalil stopfte das

Album in seine Sporttasche. Vielleicht würde die Sache mit dem Fußballmuseum doch noch was …

Am nächsten Nachmittag waren alle Jungs höllisch gespannt. Natürlich fehlte keiner. Wie eine eingeschworene Bande hockten sie im Mittelkreis zusammen. Kalil konnte gar nicht mehr aufhören zu schwärmen.

„Ich kann die anderen Bewerbungen eigentlich gleich löschen“, war er sich sicher. „Der ist es! Der macht uns jeden Tag ein Stück besser! Die Charlottenburger können einpacken.“

Jonas sah auf die Uhr. „Es ist bereits zehn nach vier“, grummelte er. „Und du hast ganz sicher gesagt, dass wir heute trainieren?“

Kalil lächelte nervös. „Ja, doch!“, motzte er zurück. „Mann, das ist ein ehemaliger Bundesligaspieler. Der hat noch andere Termine!“

Um nicht länger blöd rumzusitzen, beschloss Kalil, dass sich das Team schon mal warmlaufen sollte. Das konnten sie schließlich auch ohne Trainer.

Endlich fuhr ein nagelneuer Sportwagen vor. Das war eigentlich in der Gartenkolonie nur in Notfällen erlaubt.

Kalil lächelte. „Ist ja ein Notfall“, murmelte er.

Der Motor des Wagens heulte noch zweimal laut auf. Dann stieg Kevin Kaufmann aus und kam locker zum Platz herüber. Zwanzig Minuten zu spät, aber nun war er da.

„Jungs, auch ich war einmal so alt wie ihr“, begann er seine Antrittsrede. „Für mich war Fußball alles – und ich habe es weit gebracht. Aber der Erfolg ist mir nicht in den Schoß gefallen. Ich hatte Talent, doch das meiste war harte Arbeit. Zum Glück hatte ich große Trainer, auch schon in der Jugend. Und so ein großer Trainer will ich jetzt für euch sein.“

Kalil sah, wie Luong und Mustafa die Fäuste ballten. Demba nickte, Dimitri, Arsim und Hakim strahlten. Kaufmann gefiel ihnen allen. Das nächste Spiel war schon so gut wie gewonnen. Kalil knuffte Jonas mit dem Ellenbogen in die Rippen.

„Siehst du“, zischte er. „Sag ich doch. Der ist spitze!“

Das lernt man auf der Straße.
HA HA!
Aber Taktik, Spielwitz, Zähigkeit, das bringt einem nur die Erfahrung und der richtige Trainer bei.
Heute ist ein trauriger Tag …
… für die anderen Mannschaften.
Denn wir werden sie alle in der Luft zerreißen!

Jubel brandete auf.

„Wir werden die Meisterschaft holen!“

Noch mehr Jubel. Auch wenn sie noch um gar keine Meisterschaft spielten. Aber was nicht war, könnte ja noch werden.

„Nächsten Samstag haben wir ein Freundschaftsspiel gegen den FC Kickers“, teilte Kalil dem neuen Trainer mit.

„Die sind auch schon platt, die wissen es nur noch nicht“, heizte Kaufmann die Stimmung weiter an. „Und im nächsten Jahr sind wir eine Klasse höher und machen da auch alle platt. Zusammen schaffen wir das. Ihr auf dem Platz, ich daneben. “

Jetzt sprangen alle auf. Die Spieler tanzten um Kaufmann herum, als hätten sie die Pokale und Meisterschalen schon in den Händen.

„Wahnsinn!“, brüllte Demba völlig aus dem Häuschen. „Haben wir ein Glück!“

Kalil nickte. „Sieht ganz danach aus!“ Aber er musste Kevin Kaufmann dringend sagen, dass sie noch in gar keiner Klasse spielten …

Kapitel 11

Großmaul

Das erste richtige Training fand dann am folgenden Tag statt. Jonas, Kalil und die anderen hatten beschlossen, sich nun täglich zu treffen. Sie hatten genug Zeit verloren. Bis zum Spiel gegen Charlottenburg waren es nur noch knapp drei Wochen. Und sie waren noch keinen Schritt weitergekommen.

Die Jungs drehten bereits ihre Runden um den Platz, als der Sportwagen endlich vorfuhr. Diesmal war Kevin Kaufmann dreißig Minuten zu spät.

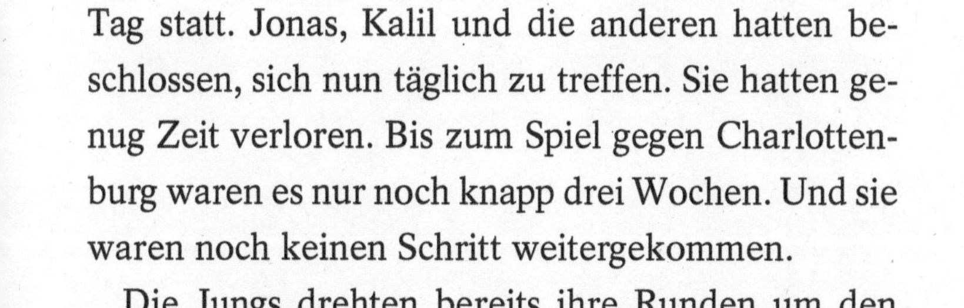

„Mann, Mann, Mann, die Knalltüten beim Fernsehen!“, stänkerte er statt einer Entschuldigung los. „Die haben mich vollgesülzt, da kam ich nicht weg.“

Luong und Kalil lachten.

„Jetzt geht's aber auch schon los.“ Er warf Mustafa einen Stapel Hütchen zu.

„Was sollte der Spruch denn?“, erkundigte er sich bei Kalil. Kalil zuckte mit den Schultern. „Keine Ahnung, vergiss es einfach.“

Als Mustafa fertig war, klatschte Kaufmann in die Hände. „Gut, nun üben wir Freistöße. Wer ist euer Torwart?“

Mustafa hob die Hand.

„Großartig“, sagte er ohne großen Elan. „Okay, du da ins Tor.“

Mustafa öffnete den Mund und wollte seinen Namen wiederholen. Dann ließ er es aber sein.

„Na, dann schießt mal, Jungs“, kommandierte Kaufmann.

Jonas legte sich den Ball zurecht. Kalil wusste, was in seinem Kopf vorging. Jonas wollte dem neuen Trainer gleich mal zeigen, was er draufhatte. Wollte einen Kunstschuss auspacken, wie ihn auf der Welt nur er und Ronaldo draufhatten. Jonas war zu allem entschlossen, das sah Kalil ihm an. Jonas kniff die Augen zusammen und fixierte das Tor. Dabei bemerkte er wohl Mustafas Gesicht.

Kalil atmete tief ein. Glücklich sah ihr Freund nicht gerade aus. Er war von Kaufmann zweimal merkwürdig runtergeputzt worden. Wenn er nun auch gleich den ersten Schuss durchließ, war Mustafa sicher unten durch. Genau das dachte Jonas auch gerade, darauf hätte Kalil sein Taschengeld verwettet.

„Freundschaft oder Ruhm, was ist wichtiger?“, zischte Kalil ihm zu.

Jonas nickte Kalil zu. Das war eine Frage, die ihm niemand beantworten musste. Jonas holte aus und schoss scharf. Doch nicht so, wie er es gegen einen fremden Torwart getan hätte. Das hier war ein Ball, bei dem Mustafa glänzen konnte.

Als alle einmal geschossen hatten, klatschte Kaufmann. „Prima Einheit“, rief er. „Aber jetzt spielen wir. Acht gegen acht.“

Kalil räusperte sich. „Wir sind aber nur elf“, sagte er verwirrt.

Kaufmann schaute ihn ärgerlich an. „Dann halt fünf gegen fünf. Du bist der Auswechselspieler.“

Er pfiff durch die Finger und zeigte auf Mustafa. „Du da, Hütchen einsammeln!“

Mustafa warf seine Handschuhe an den Pfosten.

„Die haben wir doch noch gar nicht gebraucht“, widersprach Kalil.

Kevin Kaufmann lachte verächtlich. „Halte dich da raus, ja? Ich hatte eigentlich noch was anderes vor“, motzte er zurück. „Aber das habt ihr noch nicht drauf. Da fehlen noch zu viele Grundlagen.“

Kalil war knallrot im Gesicht. Von dem Anpfiff und vor Scham. Er hatte so von Kaufmann geschwärmt.

Heute jedenfalls zeigte Kaufmann nicht viel von seinem Können und Wissen.

„Jeder hat mal einen schlechten Tag", flüsterte er Jonas und Atze zu und versuchte zu lächeln. „Das ist ein Bundesliga-Spieler. Wenn du dich an der Spitze durchsetzen willst, musst du auch austeilen können. Das ist kein Ponyhof."

Atze und Jonas schwiegen. Aber ihre Gesichter wirkten nicht so happy wie gestern.

Kalil nahm auf der Bank Platz. Und da blieb er das ganze Spiel über sitzen. Vielleicht wollte Kaufmann ihm eine Lektion erteilen. Vielleicht hatte er Kalil auch einfach vergessen. Auf den Platz schaute er nämlich kaum. Dafür führte er vier Telefonate und schrieb mindestens zwanzig Nachrichten.

Zum nächsten Training kam Kaufmann dann bereits eine Dreiviertelstunde zu spät. Ein beruflicher Termin war ihm angeblich dazwischengekommen. „Und der war nun mal wichtiger als ihr", erklärte er eingeschnappt.

Kalil spürte, wie die Wut in ihm anschwoll. Er hielt nur seine Klappe, weil Kaufmann berühmt war. Als ehemaliger Star strahlte er eben immer noch ein bisschen. Vielleicht ließen sich dadurch auch die Spieler aus Charlottenburg blenden?

„Bis nächsten Montag dann", wollte Kaufmann sich ins Wochenende verabschieden.

Kalil schaffte es nur mit großer Anstrengung, den Trainer auf seinen Irrtum hinzuweisen.

„Nein, nicht bis Montag“, korrigierte er Kaufmann. „Wir sehen uns morgen wieder, auf dem Platz von FC Kickers.“

Am nächsten Tag um fünfzehn Uhr scharrten alle Fußball-TORnados mit den Füßen. Der Gegner war da, der Schiedsrichter und sogar eine Handvoll Zuschauer. Wer fehlte, war Kaufmann. Dafür aber tauchte kurz vor Anpfiff „lieber“ Besuch auf: eine Meute aus Charlottenburg. Max, Danni, Erkan und zwei ihrer Mitspieler lehnten lässig an der Bande, als wollten sie fürs Kino entdeckt werden. Wie hatten die denn von diesem Spiel erfahren?

„Dann lasst mal sehen, Jungs“, posaunte Max über den ganzen Platz.

Jonas stöhnte auf. „Wenn du in Scheiße trittst“, meinte er kraftlos, „dann darfst du dich nicht wundern, wenn es stinkt.“

Kapitel 12
Katastrophenspiel

Tatsächlich gab es schon vor dem Anpfiff mächtig Stunk. Jonas weigerte sich, noch einmal die Mannschaft aufzustellen. Das war ja schon beim letzten Spiel gehörig in die Hose gegangen.

Kalil schämte sich furchtbar, weil er bei Kaufmann so danebengelegen hatte. Luong war sowieso zu schüchtern und Mustafa schon im Tor verschwunden. Schließlich übernahm Demba die Sache. Ihm traute sich keiner zu widersprechen.

Kalil war zum Glück gesetzt. Aber das Glücksgefühl hielt nicht lange an. Ohne genaue Anweisungen trabten er, Luong, Atze und die anderen wie ein zusammengewürfelter Haufen auf den Platz. Klar, sie alle konnten Fußball spielen, aber ohne Ordnung von außen sah das jämmerlich aus.

Dummerweise war der Gegner auch kein Kanonenfutter. Bernie Neuendorf hatte deren Trainer drei Monate lang bekniet, bis die Kickers endlich einem Freundschaftsspiel zustimmten.

„Weiter vor“, forderte Kalil von Jonas. Jonas schüttelte den Kopf. „Bei so starken Leuten können wir nicht so offensiv spielen“, widersprach er. „Du musst weiter zurück.“

Das Ergebnis war, dass Demba als Stürmer vorne völlig in der Luft hing. Zwischen ihm und den Mittelfeldspielern war eine Lücke von mehr als fünfzehn Metern. Wenn Demba den Ball haben wollte, musste er ihn sich schon selbst holen. Und das war nun wirklich nicht seine Stärke.

Jonas versuchte zweimal, ihn in Szene zu setzen. Doch immer war das Bein eines Kickers dazwischen. Die Flanken rollten jämmerlich ins Aus.

Die Kickers hingegen waren bestens eingespielt. Angriff folgte auf Angriff. Kalil, Atze und Jonas mussten immer wieder hinten aushelfen. Ihnen pfiffen die Bälle nur so um die Ohren. Luong und Arsim hatten in der Abwehr alle Füße voll zu tun.

Schon nach zehn Minuten waren die beiden Verteidiger von oben bis unten mit Gras und Erde beschmiert. Mustafa hielt, was es zu halten gab. Dann aber brach der Mittelstürmer durch. Er täuschte rechts an, haute die Kugel aber nach links. Der Schuss ging an den Pfosten und von da ins Netz. Kurz vor Halbzeitpfiff fiel auch noch das 2:0.

Als er zur Pause den Platz verließ, blickte Kalil in die grinsenden Gesichter der Charlottenburger.

„Gebt uns das Sané-Trikot doch schon jetzt“, höhnte Danni. „Dann müssen eure Mamis nicht so viel waschen.“

Kalil hätte ihnen gerne die passende Antwort gegeben. Doch da bemerkte er einen anderen Menschen an der Auswechselbank. Kevin Kaufmann war da. Er war umringt von anderen Jugendspielern und gab fleißig Autogramme.

Kalils Eltern hielten viel von Höflichkeit. Lieber schluckte man in seiner Familie Ärger herunter, als ihn rauszulassen. Doch jetzt, hier und heute, gab es für Kalil keinen anderen Weg.

„Hau ab!“, keifte Kalil Kaufmann an. „Du hast uns im Stich gelassen! Alles, was du uns erzählt hast, war nichts als heiße Luft!“

Er ballte die Fäuste, so unendlich wütend war er. „Du bist nichts als ein Angeber. Verschwinde von hier!“

Luong stellte sich neben ihn. „Sie sind ein widerwärtiges Großmaul“, piepste er aufgeregt. „Sie haben uns Hoffnung gemacht und dann eiskalt fallen lassen. So einen Trainer brauchen wir bestimmt nicht.“

Der Rest des Spiels verlief ordentlich. Zwar verloren die Fußball-TORnados mit 3:1, schlugen sich aber trotzdem wacker. Schämen musste sich keiner von ihnen. Außer dem eingebildeten Möchtegern-Trainer Kaufmann.

Nach dem Umziehen kam Kalil mit hängendem Kopf zu den anderen. Er hatte lange nachgedacht und war nur zu einem einzigen Ergebnis gekommen.

„Sorry, Leute, das war's für mich", verkündete er. „Ich habe genug vom Spott der anderen. Jetzt haben wir zweimal auf die Fresse bekommen und ein Trainer ist immer noch nicht in Sicht. Ich höre auf."

Luong und Mustafa sahen sich entsetzt an. „Was?"

Kalil nickte. „Wenn zur neuen Saison ein Trainer da ist, dann komme ich vielleicht zurück", wiederholte er. „Aber jetzt habe ich echt die Nase voll. Und mein Trikot ist eh weg …"

Jonas schüttelte den Kopf. Dann lächelte er.

„Hey, Kalil!", tröstete er seinen Kumpel und legte den Arm um ihn. „Mach dir keine Vorwürfe, wir machen's auch nicht!"

Dimitri, Atze und Hakim schüttelten die Köpfe.

„Wir sind alle auf ihn reingefallen, nicht nur du", fuhr Jonas fort. „Es klang ja auch wie ein Märchen: Eine Steigerung zu Bernie, das war doch eigentlich gar nicht möglich. Nur blöd, dass der Typ ein Blender war. Wir haben's eben alle zu spät bemerkt."

Kalil hob den Kopf. „Wollt ihr mich echt noch dabeihaben?“ Er meinte die Frage ernst.

Demba boxte Kalil in die Seite. „Spinnst du, Alter? Wir brauchen dich!“

Mustafa spuckte aus. „Und wir brauchen noch jemanden: einen neuen Trainer …“

Kapitel 13

Trainer Nummer 2

Das Casting um *Germany's next Supertrainer* ging in die zweite Runde. Bis zum Spiel gegen die Charlottenburger waren es nur noch fünfzehn Tage. Die Zeit drängte also mehr denn je. Nach dem Reinfall mit Kevin Kaufmann ließ Kalil die ganze Mannschaft über den nächsten Kandidaten abstimmen. Er las ein gutes Dutzend Bewerbungs-Nachrichten vor, bis sich alle auf einen Mann einigen konnten.

Wendelin Schmidtbauer hatte angeblich dreißig Jahre Erfahrung mit Jugendmannschaften. Er wohnte in der Nähe der Schrebergärten und kannte Fußball wirklich von allen Seiten. In den letzten Jahren war er als Schiedsrichter durch halb Deutschland gekommen. Nun wollte er es etwas langsamer angehen lassen und wieder mehr in der Heimat bleiben.

Und noch zwei Tatsachen sprachen für ihn: Wendelin Schmidtbauer hatte keinen Sportwagen. Und er war pünktlich.

Zum vereinbarten Termin kam er in einem leicht verwaschenen dunkelblauen Trainingsanzug. Seine letzten Haare hatte er quer über seine Glatze gekämmt. Um den Hals baumelten eine Pfeife und eine Stoppuhr.

„Schon besser“, flüsterte Hakim erleichtert. „Das sieht jedenfalls nach Training aus.“

Kalil nickte. Er war gespannt. Trotz mehrerer Anrufversuche hatte er Schmidtbauer bisher nicht persönlich erwischt und ihm schließlich ganz altmodisch eine SMS geschickt. Die war offensichtlich angekommen und gelesen worden.

Wendelin Schmidtbauer wartete auf der Bank am Spielfeldrand, bis sich alle gesetzt hatten. Er zählte die Spieler durch und schien sich schon im Kopf Notizen zu machen. Das gefiel Kalil. Dann öffnete Schmidtbauer den Mund. Zumindest ein kleines Stück.

„Iffsch begrüffsche euff“, nuschelte der Mann. „Wirm werben zunäfft zuffammen einige Aufffärmübungen machen.“

Jonas, Kalil und die anderen sahen sich an. Wendelin Schmidtbauer hatte keinen Sprachfehler. Er hatte sich bloß angewöhnt, den Mund beim Sprechen nur so wenig wie möglich aufzumachen. Als hätte er Angst, eine Mücke zu verschlucken.

„Hoffentlich bessert sich das noch“, keuchte Mustafa beim Dauerlauf um den Platz. „Das versteht doch auf dem Platz kein Mensch.“

Schmidtbauer klatschte in die Hände. „Hopp, Kinderffen, hopp hopp hopp, nifft aufgeben!“

Dann steckte er sich die Pfeife zwischen die Lippen und pfiff jede Sekunde hinein. Genau in diesem Takt sollten seine Spieler laufen. Er starrte immer wieder auf seine Stoppuhr und machte sich mit einem Bleistift Notizen.

„Ihr müfft ffpritziger werbm“, fand Schmidtbauer,

als er seine Aufzeichnungen ausgewertet hatte. „Ffu langffam!“

Um sie schneller und spritziger zu machen, hatte sich Schmidtbauer ein besonderes Fangspiel ausgedacht. Alle Jungs sollten wie Kängurus durch den Strafraum hüpfen, Demba war der Tasmanische Beutelwolf und musste sie jagen. Missmutig fügten sich alle in ihr Schicksal.

„Daff habt ihr toll gemacht, Kinderffen“, lobte der Trainer. „Alff näfftes Schuffübungen ffu fweit!“

Luong kratzte sich am Kopf. „Was sind denn

Schufffübungen?“, wunderte er sich. „Kann das mal jemand übersetzen?“

Jonas stieß geräuschvoll die Luft aus. „Entschuldigung, Herr Schmidtbauer“, meldete er sich. „Wir kennen uns ja noch nicht so lange. Könnten Sie wohl ein bisschen deutlicher sprechen? Teile der Mannschaft verstehen Sie nicht so gut.“

Schmidtbauer runzelte die Stirn, als würde er das zum ersten Mal hören.

„Ffo?“, antwortete er leicht eingeschnappt. „Waff war denn unfferffdändlich, Kinderffen?“

Mustafa zog die Handschuhe aus. „Ehrlich gesagt: Am unverständlichsten ist, wieso wir immer den Falschen wählen.“

Kapitel 14
„Lieber Leroy …“

Kalil, Jonas, Luong, Mustafa, Demba und Atze hockten mit langen Gesichtern in der Laube von Opa Emil. Wieso wählten sie immer den Falschen? Das war die Frage. Lena allerdings hatte in der Schule gesagt: „Hä, wieso immer? Das war doch nur zweimal.“

Doch Mut hatte diese richtige Feststellung niemandem gemacht. Kalil sah noch einmal alle Bewerbungen durch – aber keine gab auch nur ansatzweise Grund zur Hoffnung.

„Spinner haben sich ja genug gemeldet“, murmelte Luong. „Vielleicht essen gute Trainer einfach kein Börek?“

Kalil schüttelte den Kopf. „Daran liegt's bestimmt nicht“, glaubte er. „Die Guten sind alle vergeben. Zum Beispiel an Charlottenburg …“

Er warf einen langen Blick auf Jonas. Jonas versuchte wegzusehen. Gestern Abend hatte Kalil versucht, eine andere Lösung zu finden. Er hatte einfach einen Brief an Leroy Sané geschrieben.

Lieber Leroy,

du bist mein Lieblingsspieler. Leider hat meine Mutter das Trikot von dir gewaschen, das ich gewonnen habe. Da ist das Autogramm rausgegangen. Dann hat es mein Hund zerbissen, da ist die Rückennummer ab gewesen. Und dann hat es aus Versehen mein Vater zum Autoputzen genommen. Nun ist nichts mehr zu erkennen, weil mein Vater das blöde Auto nur alle dreiundzwanzig Jahre mal putzt.

Schickst du mir also bitte noch eins?

Dein Supersupersuperfan Kalil

Da Kalil die Privatadresse von Leroy Sané nicht rausfinden konnte, hatte er die Adresse vom Deutschen Fußballbund auf den Umschlag geschrieben. Jetzt brauchte er nur noch eine Briefmarke und …

Da rasselte es auf dem Tisch in der Ecke.

„Det is deen Handy, Kalil“, rief Atze. „Unbekannter Anrufer.“

Demba nickte.

Doch Kalil winkte ab. „Bin jetzt nicht in der Stimmung für Telefonate."

Aber Atze hatte schon auf den grünen Hörer gedrückt und hielt ihm das Ding ans Ohr.

„Hallo?", hörte Kalil eine Männerstimme fragen. „Ist da Kalil? Ich rufe wegen eurem Hilferuf an, auf den Pide-Tüten."

Kalil rollte mit den Augen. „Ja, ist schon richtig", nuschelte er genervt. „Aber die Bewerbungsfrist ist schon um."

„So ein Mist", ärgerte sich der Mann. „Ich hab's leider erst heute gesehen. Bin nämlich neu in die Gegend gezogen und erkunde gerade die Umgebung mit meiner Enduro. In so einem Miniladen hab ich mir 'ne Pide mit Schafskäse gegönnt und dann auf der Tüte die Anzeige gesehen. Ist es echt zu spät?"

Kalil hielt den Hörer zu.

Alle zuckten mit den Schultern. Nur Dembas Augen glänzten. „Motorrad“, antwortete er. „Geländemaschine. Geile Teile!“

Kalil spürte einen Stich im Bauch. Und auf seinen Bauch konnte er sich meistens verlassen.

„Okay, ich habe gerade mit dem Mannschaftsrat gesprochen“, sagte er wie ein Geschäftsmann. „Morgen 16 Uhr am Tor vom Schrebergartenverein Schneewittchen.“

Er legte auf. „Das ist aber wirklich der allerletzte Versuch.“

Am nächsten Tag meldete sich Kalils Bauch wieder. Diesmal mit einem mulmigen Gefühl. Zweimal schon hatten sie sich auf angeblich tolle Trainer eingestellt gehabt – und jedes Mal Nieten gezogen. Und heute? Würde der Neue sie wieder endlos warten lassen? Oder Spiele aus dem Kindergarten vorschlagen?

Als Bäumchen, Mustafa, Kalil und Jonas um Viertel vor vier zum Bolzplatz schlenderten, bekamen sie einen Schock. Vor dem Tor waren Hütchen aufgestellt. Ein junger Mann schoss gerade einen Freistoß, der genau im Lattenkreuz landete. Im ersten Moment dachte Kalil, ausgerechnet jetzt würde ein anderer Klub hier trainieren. Doch dann winkte der Mann ihnen zu.

„Fußball-TORnados?“, rief er und kickte ihnen die Pocke entgegen.

„Das … das muss er sein …“, stammelte Kalil. Aber sie waren doch erst in fünfzehn Minuten vorne am Tor verabredet gewesen?

Der Mann auf dem Platz war braun gebrannt, hatte halblange blonde Haare und einen wilden Vollbart.

„Ey, Alter! Der sieht aus, als hätte er soeben die Welt umsegelt“, meinte Mustafa. „Oder die Wüste Gobi durchquert.“

Kalil fand, die Beschreibung passte vollkommen. Der Neue wirkte wie ein Abenteurer, der genau wusste, was er tat.

Ehrfürchtig betrachtete Demba die riesige Geländemaschine, die an der Bank abgestellt war.

„Wahnsinn!“, murmelte er immer wieder in sich hinein. Nacheinander trotteten alle auf den Platz. Keiner sprach aus, was alle dachten: Wenn das wieder ein Reinfall wird, sind wir geliefert. Dimitri, Arsim, Paul und die anderen waren auch überpünktlich.

„Hi!“, sagte der Neue und strahlte übers ganze Gesicht. „Ich bin Sam. Ich war zwar noch nie Trainer, habe aber jahrelang selbst Fußball gespielt.“ Er lachte laut. „Ich hoffe, ich bin ein besserer Trainer. Als Spieler habe ich nicht so viel gerissen.“

Jonas sah Kalil schmunzelnd an und hob den Daumen.

„Wir trainieren heute zusammen“, fuhr Sam fort. „Wenn es klappt, würde ich gerne öfter kommen. Also, Jungs, los geht's!“

Luong knuffte Kalil in die Seite. „Toller Typ, oder?“, flüsterte er. „Nicht so eingebildet wie der Kaufmann oder so ein nuschelnder Opa wie der Wendelin.“

Kalil nickte. Auch ihm hatte die Ansprache gut gefallen. „Übung eins“, rief Sam über den Platz. „Die Hütchen sind eure Gegner. Ihr lauft zu zweit aufs Tor zu, umspielt sie und versucht zum Abschluss zu kommen. Mustafa, ab in den Kasten!“

Mustafa sah die anderen verwundert an. „Woher kennt der meinen Namen?“, zischte er.

Jonas zwinkerte ihm zu. „Bist eben auch in der Wüste Gobi berühmt …“

Auch Kalil freute, dass Sam sich offenbar schon über die Mannschaft informiert hatte. Eigentlich konnte er die Namen nur von Opa Emil wissen. Das waren alles verdammt gute Zeichen. Vielleicht war Sam endlich der erhoffte Volltreffer.

Drei Durchgänge zogen sie die Übung durch, die der neue Trainer angeordnet hatte. Dann machte er die Sache schwerer.

„So, da ihr selten gegen Hütchen spielt, springe ich nun zusätzlich auf euch zu“, verkündete Sam als Nächstes. „Ich werde euch stören, wie die Viererkette der Borussen.“

Tatsächlich sprintete Sam zwischen den Hütchen hin und her. Manchmal streckte er zusätzlich noch die Arme aus, um die Angreifer nervös zu machen. Anfangs ließen sich die Spieler davon beeindrucken. Mustafa hätte sich glatt an den Pfosten setzen und Butterbrote essen können. Auf seinen Kasten kam gar nichts mehr.

Dann aber legte Kalil die Scheu vor dem Trainer ab. Er tänzelte erst um ein Hütchen herum und tankte sich dann an Sam vorbei in den Strafraum.

Er zog ab – und traf!

Jetzt war der Bann gebrochen. Auch die anderen aus dem Team wurden mutiger. Als jeder einmal getroffen hatte, zeigte Sam ihnen einen neuen Trick, den alle so lange übten, bis sie ihn draufhatten.

Das Training machte allen Spaß. Sie lachten viel und kapierten einige Taktikfinten, die sie vorher gar nicht gekannt hatten.

Natürlich sollte Sam am nächsten Tag wiederkommen. Und wieder und wieder.

Es war eine Woche vor dem Kampf gegen die Charlottenburger. Die Fußball-TORnados hatten endlich wieder Vertrauen in das eigene Können.

Ob sie auch bereit waren für eine D-Jugend? Abwarten, dachte Kalil. Auf jeden Fall aber war das gute Gefühl zurück.

Sam hatte sogar daran gedacht, die Linien auf dem Platz nachziehen zu lassen. Atzes Opa und die Alten Herren wollten sich darum kümmern.

„Ehrensache!", verkündete Emil. „Mehr können wir ja nicht tun, damit ihr die vom Platz fegt!"

Kapitel 15
Tag der Abrechnung

Dann war der große Tag da. Kalil konnte es gar nicht glauben, wie schnell die vier Wochen seit der Demütigung auf dem Bolzplatz vergangen waren. Jede Menge Sachen waren seitdem passiert. Und egal, wie das Spiel nun ausgehen würde, sie konnten stolz auf sich sein. Die Erwachsenen hatten es nicht geschafft, einen vernünftigen Trainer aufzutreiben. Sie aber hatten den Volltreffer gelandet, das bewies Sam bei jedem Training aufs Neue.

Samstagmorgen um kurz vor zehn trafen sich die TORnados auf ihrem Platz. Sam war natürlich schon da und kontrollierte die Linien, die Netze und den Abstand der Elfmeterpunkte zum Tor. Das war eigentlich Sache des Schiedsrichters, aber Sam ging immer auf Nummer sicher. Da alles okay war, sah er in Emils Richtung und hob den Daumen.

Kurz darauf trabten die Charlottenburger von der

Tram-Haltestelle durch die Gärten auf den Platz zu. Max und Danni kickten sich den Ball zu, bis sie vor Jonas und Kalil standen.

„Und?“, fragte Danni grinsend. „Hosen schon voll?“

Jonas zuckte mit den Schultern. „Keine Ahnung, lass mal riechen.“

Danni winkte genervt ab. „Habt ihr unser Trikot dabei?“

Kalil nickte. Er versuchte dabei nicht traurig auszusehen. „Trikot ist da“, bestätigte er. „Nur ist es und bleibt meins.“

Max pfiff auf den Fingern. „Kann losgehen!“

Jetzt stürmte auch der Rest des Teams heran. Jonas biss sichtbar die Zähne zusammen. Viele von denen waren echt ein ganzes Stück größer als sie alle.

Im Anstoßkreis standen sich Jonas und Demba gegenüber. Keine zehn Meter entfernt waren Erkan und Danni. Die beiden scharrten mit den Hufen, wie Rennpferde kurz vorm Startsignal.

Dann pfiff der Schiri. „Los geht’s!“, murmelte Jonas. „Um Ehre, Freundschaft und ums Sané-Trikot!“

Er passte auf Demba. Demba walzte ein paar Schritte vorwärts. Vor seiner Erscheinung hatte sogar die D-Jugend Respekt. Erkan tanzte zwar vor ihm rum, griff aber nicht an. Demba senkte den Kopf ein wenig und rannte wie ein Büffel los. Kalil trabte hinterher. Er spürte, wie sich hinter ihm die Mannschaft über den ganzen Platz verteilte. Sie schwärmte aus wie Hornissen beim Angriff auf einen Bären. Sam stand an der Außenlinie und fuchtelte mit den Armen.

Seine Jungs sollten sich in Position bringen. Und falls der Gegner den Ball bekam, ihm gleich auf den Füßen stehen. Ihn zu Fehlern zwingen. – Diese und andere Sätze hatten die Fußball-TORnados in den letzten Tagen immer und immer wieder aus Sams Mund gehört.

Doch noch hatte Demba die Pille am Fuß. Er kämpfte sich auch an zwei weiteren Charlottenburgern vorbei. Dann wuchtete er den Ball nach innen.

Kalil merkte, wie er gehalten wurde. Aber es war zu wenig, um sich fallen zu lassen. Er befreite sich aus dem Griff und rannte weiter. Die Abwehrspieler vor ihm machten ihn nicht nervös. Dafür hatten Sams Übungen schon gesorgt.

Mit der Fußspitze kam Kalil noch an den Ball, er spitzelte ihn um einen Gegner und legte dann für Atze auf. Atze zog ab. Wie eine Kanonenkugel sauste der Ball durch den Strafraum. Der Keeper der anderen machte sich lang, kam aber nicht mehr dran.

Pfosten! Das ganze Tor wackelte, doch davon hatte Atze nichts. Jonas versuchte einen Abstauber, aber der Abwehrmann war schneller und kloppte den Ball ins Aus. Weil Paul noch dran war, gab's Einwurf für die Charlottenburger.

Trotzdem fühlte Kalil sich super. Die Aktion hatte für gehörigen Respekt gesorgt, das konnte er an den Gesichtern der anderen ablesen. Eben waren sie für die noch Babys gewesen, denen man den Hintern abputzen musste. Jetzt wurden sie als ernster Gegner anerkannt.

„Weiter so!", lobte Sam lautstark. „Jetzt pressen!"

Max führte den Einwurf für Charlottenburg aus. Das heißt, er wollte einwerfen, aber egal wo er sich auch hindrehte, ein TORnado stand immer im Weg.

„Anbieten!“, schimpfte er seine Mitspieler an.

Schließlich warf er den Ball zu Erkan, ganz weit nach vorne. Erkan war verdammt schnell, das musste Kalil ihm lassen. Und gut ebenfalls. An ihm und Jonas kam der ohne Probleme vorbei. Dann pöhlte er den Ball auf die andere Seite zu Danni. Bäumchen war zwar fast zwei Köpfe kleiner als der Angreifer, stand aber saugut. Er sprang im richtigen Moment ab und köpfte das Leder aus der Gefahrenzone.

„Was machst du?“, motzte Danni seinen Kumpel an. „Ich stehe hier, nicht da!“

Erkan winkte ab. Schon jetzt ging ihm dieses Spiel scheinbar auf die Nerven.

Opa Emil und seine Freunde jubelten bei jedem erkämpften Ball der Fußball-TORnados.

Kalil schmunzelte in sich hinein. Er war verdammt stolz auf sein Team. Sie bissen sich an ihren Gegenspielern fest wie die Zecken. Rannten, kämpften, grätschten wie die Weltmeister. Gaben nie einen Ball verloren. Sie spielten zwar nicht den schönsten Fußball, waren aber top eingestellt. Die Taktik von Sam schien aufzugehen.

Beim Pausenpfiff stand es sensationell 0:0.

Sam stand an der Seitenlinie und klatschte seine Männer ab, wenn sie vom Spielfeld kamen. Für jeden hatte er ein anderes Lob, das immer wie die Faust aufs Auge passte.

Ausgepowert warfen sich alle ins Gras. Die Wasserflaschen waren sofort leergesaugt.

„Weiter so", stachelte Sam sie an. „Die sind genauso k. o. wie ihr. Wenn ihr den Ball habt, nicht so schnell hergeben. Lauft mit dem Ball, wenn ihr Platz habt. Und dann sichere Pässe spielen. Risiko nur direkt vorm Tor. Da müsst ihr Überraschungen raushauen."

Alle nickten. Kalil kramte in seiner Sporttasche herum. Er zog das Sané-Trikot hervor und sah es an. Musste er sich doch noch nicht von seinem Schatz verabschieden?

Kapitel 16
Gratulationen

Die zweite Halbzeit ging genauso weiter, wie die erste aufgehört hatte. Die TORnados gaben einfach nicht auf. Und ein paar richtig gute Spielzüge kriegten sie auch zustande. Nach etwa zehn Minuten versuchte Erkan wieder einen seiner Flankenläufe. Doch das hatte Kalil erwartet. Er grätschte Erkan den Ball vom Fuß, stand sofort wieder und marschierte in die andere Richtung. Von links hinten nach rechts vorne, quer über den Platz. Kalil fühlte sich einfach bärenstark. Die Kommentare von Sam machten ihn nur noch selbstsicherer. Auch bei schlechten Aktionen klatschte er in die Hände, anstatt zu schimpfen. So machte die Sache einfach Spaß.

Kalil raste an den Gegnern vorbei, als wären sie Hütchen. Als drei Mann vor ihm auftauchten, um ihn endlich zu stoppen, riss die Lücke auf. Kalil legte quer, Jonas genau in den Lauf. Jonas spitzelte zu

Atze, Atze flankte etwa zwei Meter hoch auf den Elfmeterpunkt. Und da stand Demba, das war sein Revier, sein natürlicher Lebensraum. Er lag fast in der Luft beim Sprung, erwischte die Kugel – und es stand 1:0.

Unbeschreiblicher Jubel brach los. Kalil sah zur Seitenlinie. Mittlerweile waren knapp fünfzig Zuschauer da. Opa Emil, die Alten Herren, Lena, Aishe und ein paar andere Klassenkameraden lagen sich in den Armen. Und da war auch Bernie Neuendorf, ihr alter Trainer. Atze hatte schon erzählt, dass er an diesem Wochenende noch einmal hier war, um letzte Dinge für den Umzug zu regeln. Er zeigte seinen ehemaligen Spielern den erhobenen Daumen.

Es ging noch eine Weile hin und her auf dem Platz. Dann war Schluss. Kalil hatte gar nicht mitbekommen, wie die Zeit verflogen war. So viel Spaß hatte ihm ein Spiel lange nicht mehr gemacht. Sie hatten das Unmögliche möglich gemacht.

Danni, Max, Erkan und die anderen erwiesen sich als faire Verlierer. Sie reichten allen TORnados die Hand.

„Saugutes Spiel", lobte Danni mit hochrotem Kopf. „Habt ihr zwei Lungen oder so was?"

Bäumchen grinste. „Nee, einfach einen verdammt guten Trainer."

Kalil strahlte übers ganze Gesicht. „Und einen einmaligen Glücksbringer!" Er hatte sich das Trikot von Leroy Sané über die Schultern gelegt. Wie Superman seinen Umhang.

Erkan strich ehrfürchtig darüber. „Wäre schön gewesen ...", murmelte er. Dann stieg er mit seinen Mannschaftskollegen in die Tram nach Hause.

Sam hätte am liebsten alle gleichzeitig umarmt, das sah man ihm an. Plötzlich, auf ein Zeichen von Mustafa hin, packten seine Spieler zu und hoben an.

„Unser neuer Trainer lebe hoch!", kommandierte Mustafa. Dann warfen sie Sam dreimal in die Luft.

„Echt, vielen Dank", sagte Jonas als Kapitän. „Ohne dich hätten wir das nie geschafft, Sam."

Jemand anderes mischte sich ebenfalls ein. „Das

finde ich auch“, lobte Bernie Neuendorf. Als ob sie sich schon ewig kennen würden, umarmte er Sam.

„Ich gratuliere nicht nur zum heutigen Sieg“, sagte er beeindruckt. „Der größere Erfolg ist, dass ihr so einen tollen Nachfolger für mich gefunden habt. Jetzt kann ich ohne schlechtes Gewissen wieder nach England fahren.“

Kalil riss erschrocken die Augen auf. „Aber nicht, dass Sie ihn gleich mit nach England nehmen!“

Alle lachten. Zum Glück schüttelte Neuendorf den Kopf. Einer nach dem anderen verabschiedete sich nun von ihrem alten Trainer. Es fiel ihnen nun leichter, weil sie wussten, wie es mit den Fußball-TORnados weiterging. Drei Spiele lagen im Rest der Saison noch vor ihnen. Die wollten sie alle gewinnen. Und dann würden sie sicher in eine der Ligen aufgenommen. Spiele um Pokale und Meisterschaften winkten, nicht nur Duelle um die Ehre.

Als alle nach Hause gehen wollten, hielt plötzlich ein Auto mit quietschenden Reifen vor dem Platz. Empört drehten sich alle um. Das war doch nur dem Krankenwagen und der Feuerwehr erlaubt! Kaufmann?

Dann wurde Kalil kreidebleich. Das waren seine Eltern. War etwas passiert?

Die Autotür flog auf und seine Mutter rannte auf Kalil zu. Mit einem Karton in der Hand.

„Kalil, Kalil!“, rief sie atemlos. „Ein Paket für dich. Von Leroy Sané!“

Vor den Augen der anderen riss Kalil die Pappe auseinander. In dem Paket lag ein Trikot. Genauso eins, wie er als Hauptpreis gewonnen hatte. Auf dem Rücken stand der gleiche Spruch.

Für einen der Besten, Leroy Sané

Und dabei lag eine Autogrammkarte mit einer kurzen Nachricht drauf:

Viel Spaß damit. Von Müttern, Vätern und Haustieren fernhalten ;-) Leroy

Der Autor

THiLO verbrachte den Großteil seiner Kindheit in der elterlichen Buchhandlung zwischen Pippi Langstrumpf und Räuber Hotzenplotz. Nach der Schule reiste er durch Afrika, Asien und Mittelamerika, bevor er Publizistik studierte und mit seiner Kabarettgruppe „Die Motzbrocken" durch die Lande zog. Daneben arbeitete er für Funk und Fernsehen. THiLO hat vier Kinder und lebt in Mainz, wo man ihn jeden zweiten Samstag im Stadion treffen kann. An den anderen Tagen schreibt er sehr erfolgreich Geschichten und Drehbücher für Kinder und Jugendliche.

Der Illustrator

Timo Grubing, geboren 1981, studierte Illustration an der FH Münster und lebt seit seinem Diplom 2007 wieder in seiner Geburtsstadt Bochum. Als freier Illustrator ist er in den verschiedensten Bereichen tätig: Er bebildert Kinder- und Schulbücher, Spiele und arbeitet regelmäßig für Magazine und Agenturen.

THiLO

Die Fußball-Tornados
1:0 für Jonas

128 Seiten, ISBN 978-3-570-17732-7

Jonas geht in die dritte Klasse einer Berliner Grundschule. Hier lebt und lernt eine bunte Mischung der Nationen. Das sorgt für jede Menge Konfliktstoff. Oft gibt es Streit und einmal sogar eine handfeste Prügelei nach Schulschluss. Jonas nervt das total. Er will, dass seine Klasse eine echte Gemeinschaft wird. Ein Thema gibt es, das sie alle verbindet: Fußball. Zusammen mit seinem Freund Kalil gründet Jonas kurzerhand einen eigenen Fußballverein, in dem jeder mitmachen darf. Für ihr erstes Spiel haben Jonas und Kalil sogar schon einen Gegner aufgetrieben, einen richtigen Fußballverein.
Und um dort nicht sang- und klanglos unterzugehen, müssen alle Kicker der Klasse wie eine Eins zusammenstehen!

10433

cbj

www.cbj-verlag.de